昨日住青山

杜菁 著

北京时代华文书局

南笙 | 作序

当蜻蜓飞过稻田

（一）

遇见她，是在去年的夏天。

那次相见被包裹在碧山黏稠溽热的恍惚里。推开一扇旧旧的铁门，出现一个好似电影里的姑娘，她略有迟疑，然后问：请问你是南笙吗？

这个黑发、黑裙的小姑娘，我想她一定很喜欢玛蒂尔达。

旧旧的宅子里，她光腿光胳膊，我一直担心有蚊子会咬她一身包。不知道她是否适应这里的生活，她应该会很快离开吧。

我们的缘分始于一枚珍珠耳钉，我把耳钉落在了民宿，辗转打电话找到她，请她帮忙寻找。后来她把耳钉寄给了我，还有一封简短的书信。

到现在，这枚耳钉我又丢了。不知道它去了哪里，我和它的连结到此结束，但和她的缘分却留了下来。她是一个很自由的姑娘，不遗余力地爱一个人，摊开自己的心，并不羞于表达。这一点我是羡慕的，我总是把自己的感情深深藏起来，表面风平浪静，实则内心汹涌翻滚，然后再等待它慢慢归于平静，好像一切从未发生。

（二）

在碧山的夏天，喜欢去田野里骑车，骑得飞快，耳边都是呼啸的风。稻田的气味很浓很浓，晚霞一团一团，粉粉的，看起来很好吃的样子。月亮薄薄的一层镶在那，一回头就看见了，也不知道什么时候飘出来的。很多小虫子飞在头顶，走到哪里它们都跟着，还咬人，手臂上都是包。

早晨推开门，一只黝黑的小蜻蜓停在我的窗边。田野里总有白鹭飞起来又落下去。有月光的时候小河就很蓝，一层层叠加的蓝，最蓝的是对面的山。

想到她，会想到蜻蜓飞过的稻田。日本禅师良宽有句诗：昨日住青山，今日游城市。

我想我们都应该做这样的人，在少年时尽可能地去游荡。月光尚好，及时行路。

今天是二零一七年最后一天，新年快乐，事事顺心，平安健康。

南笙 于东京

二零一七年 十二月三十一日

推荐序 | 活在时间之外的写作者

青年作家 李菁

杜菁，是这个时代非常难得的一位写作者。

她好似山谷间的兰，清清地开，静静地与大地低语，任外面的世界兀自纷繁，她始终自持着那份令人歆羡的清静。

二零一六年底至二零一七年底，整一年的时间，我在"遇见吧啦"公众号发布她的徽州记系列文章。我从未在这个公众号上给作者开系列专栏，她是例外。她的人与文，对我总是一种无法抗拒的亲近。我们的名字里都有一个"菁"字，蕴意草木茂盛，事物精华。我每次唤她"菁菁"，都好似在轻唤自己，每每都自觉一丝恍惚，她像是另一个我。

对她偏爱，更多源于她的文字。她的文字有种难言的古典美，像一幅画卷，总是让我留恋忘返。她在人世喧嚣的一隅，独自畅写着自己心里认定的文字，它们干净、饱满，还带着点孤清，像深藏山林的澄澈湖泊。没有人前来观望或打扰，只听见自然之音。她对写作怀有赤诚之心，这太珍贵。

当写作者们都在追赶"十万＋"的阅读量，都在追热点，都忙于思考如何通过文字赢得广告商垂青时，她没有一丝惊动，依然在她的书房里自顾自地书写着她自己的文字。她笔下内容与文风注定是小众的，可是因着这样对文学的敬畏，总有懂得的人在她的笔下觉察到文学的光华。

当我将她的徽州记发布在公众号上，有更多同频的人为她笔下的徽州所深深吸引。

虽不常联系，心却是越发地近了。偶尔，我们会在微信里聊起文学、聊起生活、聊起爱情，女人之间的贴心话是更真切的。她写好了《月照海棠》给我看，那一刻，我的心乍惊，怎么可以写得这样好！我爱她笔下每一处细微的情感流转。她的文，似良媒，总会加深我对她的喜爱和满心的佩服。

我问她喜读谁的书，她说黄碧云。不久之后，我在香港买了两套黄碧云的小说《烈老传》与《末日酒店》，一套寄给了她，一套留给了自己。我们在文字中惺惺相惜，未曾见过面，却好似日日相见。

在四川的青城山旅行，她曾路遇一本摄影的集子，那摄影集厚且沉，价格并不便宜，但她知道我爱摄影，便于千里开外买了下来，寄赠予我。收到这份礼物时，园子里的香樟叶子正被日光清照着，她对我的情谊也似这在绿叶上缓缓挪动的光环一般，有着可触可感的暖意。

二零一八年初，她欢喜地告诉我，这本写徽州记的书稿已通过了出版社的选题，即将出版，我听了真是欢喜。这样干净的文字，应该被更多人捧在掌心去阅读。

　　常说时光会轻染了岁月，杜菁，一个始终活在时间外的岁月写作者。相信她会守着那颗清静之心，写一生的文字。

二零一八年一月十二日

　　李菁，笔名吧啦，青年作家。已出版书籍《见素》《当茉遇见莉》《你的人生终将闪耀》。

　　新浪微博：@作家李菁

自序

二〇一五年十二月五日，我乘高铁从北京南至黄山北，携一路雨雪而来。列车途经淮南东时，我望向窗外，见站台上的路灯照亮斜倾的雪花，满目冬意，不胜萧疏。淮南原是我的外婆家。西汉年间，刘安在八公山上招贤纳士，著书立说，撰编出《淮南子》。而我的故里，则地处淮河北部的宿州市，尚存一缕若孤松独立的嵇叔夜的羁魂。九岁那年，我随家人去了北方。此后经年，再回首，已脱换成一位没有故里的异乡人。

二十四岁，我只身前往徽州，不过一念。然这个发愿似一粒种子被日久地掩于心田，待时机成熟，它自动破土而出，发出青嫩的芽苗儿。其过程虽布满障碍，但最终愿力转化为行动力，可谓"从初发心，精进不退。念念相续，无有间断。"

那日深夜抵达黄山黟县碧山乡——一处衮五十余平方公里的古村。隋开皇十二年（公元五九二年），曾改新安郡为歙州，在此设州治。这是后面才知悉的渊源。我只记得那夜冬雨又大又冷，老香樟的枝叶彻夜作响。居住的房间地铺陶砖，墙刷黄泥，窗帘用崇明岛的格子土布裁制。由老木门板改造的桌上置一盏琉璃台灯，数粒从山中捡的松果及石子。一应陈设摆件皆与"现代"相悖离。用热水冲掉身上的寒意，我把自己裹进白棉布被中，嗅着夹杂淡淡霉味的冰冷空气，陷入睡眠。当天的日记本中仅有一句：一只喜蛛被我不小心冲进下水道。

撰录碧山的文献极少，仅在*Lonely Planet*中发现一段关于它的简介：黟县典型的古村落，高山广田，阡陌相交，古民居和祠堂得以保存，最美的是一座屹立于田野间的古塔。后来，我将它写进小说，成为《月照海棠》中黄陂的原型，故里的缩影。因碧山偏僻鲜见人影，方得幸保留下农耕文化，万物奇洁而清明。彼时，我寄宿于村中一家名叫"猪栏酒吧"的乡村民宿，那里与世隔绝，隐约间总会恍然周遭景致不过是宿命营造出的缥缈幻境。香樟、栀子、桂花、腊梅和一棵去年深冬冻死的橘树，被种于润湿的土壤里。一间茅草棚建于河畔，菜畦耕培在周旁。透过刷蓝漆的窗口，可见坐落于院中高低起伏的青瓦黄泥墙屋舍。蛙叫蝉鸣，树梢荡漾，睡梦中常常听到。

曾在此感受到脚踏实地的丰盈快乐，确凿是来之前从未期待过的景况。当然，我也没想过写出一卷文稿，将自己近两年的生活经历及心境做一次彻底的倾谈。但我对过度意义化自己的经历毫无兴趣。唯一目的，是仅以白纸黑字为证，望有些人日后方能明白我的心意。

翌年秋天，待金黄稻穗铺满田间时，我与徽州告别。日后的记忆里，我将是竹林，是河渠，是青山，是檐雨，是挂满星辰的夜空，是快速飘移的云雾。唯独不是我自己。曾有人问我："不知你写作的动力是什么？徽州是一个古老深沉的地方，而你还未为它写下片言只语。"的确，我变得无话可说。愈近它的本真形容，愈觉能言无二三。收录于《徽州记》里的文字，仅是私密的个人感受。它们随兴而起，若不及时记下，便会兴尽而散。命运推动我行行重行行，从踏上徽州土地的那刻始，人生的道路发生扭转。

《月照海棠》是本书中唯一的一篇小说。我在其中探讨了人性与情感间的关系，感触社会价值和人伦常情的浸透，进行坦诚无余的表达。对待感情，我一直怀有浪漫情怀，认为它需具备审美智性，而非站在"道德君子"的角度去批评指摘。所谓合理的情感多半出于一种惯性模式，一种大众化的集体拣择。但当它处于不合理的氛围中时，必会迸溅出尖锐、纯粹的部分，真相露现，让人们照见深陷于幽黯人性中的真实的自己。

余下走过的古城、遇见的路人、尝到的饮食、游历的丹峰、嗅闻的花气、谛听的善训……皆集于《怀时录》。

两年前，是以愿生发出的另一番境况吗？打包过去，重新出发，辟出一条新路。道途中，渐次发觉这条新路原是旧路，积压的尘土下掩没先贤遗留的足迹。我见路上有诸位心向太古的拾荒者，纷纷拾捡起被世人丢弃的"古老风物"，我渴望与这些拾荒者成为同路人虽。不复勇往前，却一直在行行。这非一卷专门记述徽州的文稿，它娓娓道出的仅是一个人遵从内心做出的一次选择。

最后，对旅途中的一切邂逅者，对所有让这本书得以出版面市的人们，致以我的感谢。

二〇一七年冬
于北京

目录
CONTENTS

"愿灭香仍炷，声干叶自吟。百年拼寂寞，一念自萧森。"如是徽州，独立于世，古老而沉默。

徽 州 记

　　我曾见过最美丽的风景，吃过最美味的食物，遇见过一群最善良、有趣的人，爱过他们的同时且被他们爱过。我在徽州有个家，它在山麓处，溪水旁，几棵很高很高的樟树下……

少 年 游

她曾是苔藓，一块幽绿色的出现于泥盆纪中期的藓类植物。生长于潮湿处，阴影里，以及隐喻铺衬的古诗文中。然而此刻，她忽觉光彩夺目虽可喜，但被遗忘同样有它独一无二的殊胜。

初心

吃完早饭，决定出门透透气，就沿枧溪往上游走，可以一直通向山里。

脚上穿一双当地人手工制作的棉鞋，布面是黑底红色波点，脚面的触感像踩进棉花堆，干燥又暖和。但山里的天气，阴沉沉的，依旧湿冷入骨，然而今天我却觉得适宜，可能与此时的心情有关。

已经认识一些附近田里种植的农作物。水稻、油菜花、白萝卜，今日又看见茶树。一位农妇在地里给茶树施肥，抬头看见我，对我露出温和的笑容。我顿时改变主意，近前寒暄起来。询问这是什么品种？几时采摘？她十分热情地答："这是黄山毛峰，每年三月十几号采摘，山里的茶树品质要更上乘。"

再往山里走，已没有平整干净的柏油路。依然无法摆脱城市人那

山深树老、水湛人稀。

初雪那日，有人依然冒雪爬山。下山后告诉我，他们在山中看见一只狐狸，有棵树上聚满绿色的鸟儿。

份一无是处的"矜持"，心中略有踌躇，才把脚落在坑坑洼洼的石子路面上。一路上有隐约香气随行，无法分辨具体是哪种植物散发出的气味。此地清晨云雾重，露水浸润在花朵或叶片上会蒸腾起一股清淡的天然香气。若太阳尚未出来，大气层较厚，这股香气就会一直在院落里徘徊缭绕，久久都不会飘散。

相较地处中下游的村庄，我更喜欢位于溪涧源头的山里。远远几户黑瓦白墙的人家，走在路上，可闻沟渠里的水流声或鸟儿的啁啾声。自从来到这里，时间被大把地空余出来。有时显得无所事事，靠在村子里溜达，听风看山打发时间。这与在城市有着鲜明的不同。当一切从外部建立的娱乐消遣突然间消失殆尽，唯能见的仅是自己内心的苍白。一直自诩自己是一个不畏惧孤独的人，但偶尔在雨打叶片的夜晚，却感受到一种无法自控的荒凉。

但那些在田里放牛、赶鸭的村民不会，他们通常把手背于身后，摆出一副随性自在的样子。时间在他们的手中，是流水，而非沙。他们不过分看重时间，仅保持适度的关注。遵循四时迭代，春播夏种秋收冬藏。其余时间，在看似清简的生活里享受阳光、雨露，夜晚的星辰。以悠然之态面对光阴流逝，他们的内心在某一层面像土地一样浑厚无畏。而那些貌似坚定不渝，渴望勇猛跃进的人，诸如我，在浩大的自然面前，却如芦苇一样脆弱。

走到山麓下，我望向隐匿在云雾里的绵延山峦，想起来时的那个夜晚。高铁抵达黄山北站，车门被打开后，湿冷的凉意扑面而来。陌生的地点使内心产生迟疑，大脑也开始变得混沌起来。来接我的司机先生名叫建军，黟县人。车技极好，在黄山市区内疾驰而过。不过七点多钟，街上已无多少行人，街灯的光线照在漉湿的路面上，像被泼洒了一地油彩。街灯渐渐稀少起来，等驶上通往黟县的盘山公路时，路面上已漆黑一片。期间遇到一起交通事故，我们的车辆与它擦肩而过。

两束照明车灯在瓢泼的雨雾里不时照亮路旁的蓝色地理位置的指示牌。南屏、关麓、西递、宏村、木坑竹海……身体感觉在一点点恢复。等到车灯忽然扫过路边黑白相间的徽州房舍，内心为之一震，心想：这不就是我想要来的地方吗？

我向往这方将自然与人文完美结合交融在一起的土地。它的山水、建筑、历史、文化、精神以及祖祖辈辈在此生存繁衍的人们都令我为之着迷。一直心怀愿望，有机会可以在这里生活上半年，甚或一年。期间走遍古徽州的所有村镇，寻觅濒临失传的手工艺，搜集日渐没落的古老遗风。去做一些貌似"无为"之事，但现实往往"无为而不为"。

幼年的生活经历使我成为一个对故里没有概念的人，一个缺乏厚重根基，没有底气的异乡人。在车上我对从小就生活在西递的司机师傅表露自己的羡慕之情。他虽口中推辞道"见多了不过如此"，但他心中定然明白这片故土的稀贵处。故我千里迢迢来到这里，仿佛带着前世的记忆，来看一看它今日的模样。这原本才是我的初心。

竹杖芒鞋轻胜马，一蓑烟雨任平生。

山水间

我们彼此间的孤独就如这条涓涓江水，平静无声地流淌，无可依靠，无法同行，最后缓缓消失于那片连绵的青山间。

江畔有一楼舍，早晨，你与我对坐在二楼落地玻璃窗旁的茶案前。我转头望向窗外流动的水纹。因它做参照物，似乎我们脚下的这座楼舍正随着江水的流向漂移。两岸青山，仿佛你我独坐一叶扁舟在森森的江上前行。这是属于我们的时刻，即使它这样短暂。

你时常谈起自己在休宁外婆家度过的童年时光，语调轻快欢乐，大抵都是珍宝似的幸福记忆吧。但我不是，我等待了太久才来到这里。仿佛我在外度过的二十多年的光阴不过是为来此做出的漫长准备。我从无到有，从小小姑娘成长为一位年轻女孩，十指涂满草木色的绿指甲。

而你又看到什么？一位穿蓝裙衫、蓝筒靴的女孩出现在古老的徽州，有着少年人那种无所畏惧的清瘦。若在城市会被熙攘的人群淹没。但今日，她以一种和光同尘的植物形骸出现在五月的田野上。你识别出她，走近她，并见到那颗水晶球般透亮的心。你在球面映照的图像上看见那个久违的自己。你沉默地闭上双眼，打碎它。

她有时这样哀戚，默默流泪，却什么也不说。她娉娉袅袅，看起来什么都不缺乏，但心底却有一处积压了太多悲伤的地方。有人解释那是前世未消散的记忆。她带着这些记忆，一路莽撞地来到徽州。所以徽州于她是沉重的。里面压缩着太多的滋味、故事、感受，一年仿若一生那般久长。

　　而你，我年长的朋友。还保持着挺拔的身形，温和的笑意。穿一件白细轻软的夏布衬衫坐在园子里，衫上闪烁的白光似清凉月华。于曲径通幽的回廊上谈起"君子之行"，我想，应如你工作室里悬挂的那幅书法作品一致。其上为诸葛亮《诫子书》中的一句

话："非宁静无以致远"。数年前，你却是位聪明、贪玩的少年，喜爱北岛，自己也写过诗歌。但最终选择了一个与感性相反的职业，且竭力将它做到极致。

这些年，应该有许多女士爱慕过你吧。她们沉迷于这束月光中，毕竟镜中花水中月要比现实更动人。只是她们无从得知，你并非坚不可破。在外兜转半生，仍无法摆脱血液里流淌的孤独，仍是一位没有灵魂故园可回去的浪儿。

但我无法安慰你，正如你无法安慰我一样。长久浸淫于社会价值体系最上层，被烙印下有恃无恐的印记，即使你并不自知。但它们不能触动我。大概它们唯一的价值就是充饥吧，却没办法带给内心滋养和慰藉。我是个与时代断裂的人，无法同它保持一致，无法迎合它的要求。

我们被分隔在两个截然不同的世界，有各自需要独行的路途，没有对错。生命本就如此，人人都只是彼此人生的过客。有的短暂，有的长久，但终有别离的那一天。所以每一次都要下定永不再见的决心，珍惜这些来之不易的相遇，最后郑重地道别。毕竟能够相交相知的时间并不长。

因为徽州，让这些遇见发生。最后，就在这条有莲开放的江边道别吧。哪怕水断山折，也自有它独一无二的珍稀。

我亲爱的朋友，望你多年后再次回到徽州，还能记起这首《菩萨蛮》："垆边人似月，皓腕凝霜雪。未老莫还乡，还乡须断肠。"

赤子

你说自己离开故里已有些年。这些年，你从一座城到另一座城，一个国到另一个国，越走越远，不再回头。或许最初，这趟没有归期的远行只是源自一位少年人的内心渴求。但到后来，却转变成不可自控的命运牵引。

如今的你已被漫长的旅途塑造成为另外一个人，一个看不清源头的独行者，一位理性至上的战士。你定会有倦怠之时吧，立在窗前眺望室外密集的高楼，在被冷硬线条切割的灰青色的天空下，视线如盲掉的灰鸽在此横冲直撞，是否觉得无可依恃？无可依恃，那种震裂心魂的孤独感，仿佛一种庞大的无解的虚空。

拥有真实形态的事物不能把人摧毁。自然灾殃、战事、疾患、饥馑……皆属一时，人们仍能像烧尽的蓬草在下一个春天里再次复苏生长。将人一点点毁坏的，则是一些看不清摸不着的无形之物。正如多年前，在八大处一座坍塌的舍利旧塔下见到的警世语：以真为幻？以幻为真？

不论虚实，不辨真假。我们依然颠倒地度日，并不觉得有何不妥。

你忆起自己的往昔岁月，不经然一步步走了那么远。它们有时仿佛就在昨日，有时又遥远得只是一场梦。就像你的故乡，在此度过的真实时光，逐渐浮于记忆的上空，变得黏稠缥缈。你明明襟怀一颗赤子心，对它心有惦念，却再无靠近它的可能，因为你只能在路上。每个人遂用自己的方式进行复制粘贴，重新营建生活的家园。

不知你年轻时，可曾想过觅一处有干净空气和水源的地方，盖起屋宇，院中种起树、花、时蔬，养一只淘气但忠诚的狗，与一位能使彼此感到快乐的人相伴。这种完美至极的理想在少年人的眼中大抵理所应当，它们绝非稀少难得。

就像你以为自己会回来，终有一日你会重回故里，这片山清水秀之地。

我的短期旅行从黟县到景德镇，途经祁门。一辆旧巴士，稀落的乘客间，除去我，都是当地人。

车窗外刷刷掠动的景象，似一部生动的默片。我不睡觉，不想错过任何一只尾端扁长的山雀，或盛放于河畔的缤纷扶桑。连习见的山水，仍觉饶有趣味。它正于潜移默化中重塑我对这个世界的原有认知。

闪过一截坍圮的红砖墙，汽车到了一个名唤红庙的小村。老人用竹筐背起孙儿下车，背影瘤瘦，缓缓消失于山脚的拐弯处。

绿阴掩映中的一排旧房舍，黑板挂在粉墙上，字迹工整地写满告示。

路过稻田。一位头顶草帽，颈间系白毛巾的年轻姑娘卷起仔裤的裤脚，在田里埋头插秧。想象不出刈收稻子时的场景——想象追赶不上自然的脚步，那于每分每秒间均在变幻的动静与枯荣。

车子开入镇上。一座充溢着上个世纪九十年代气息的小镇，但仍处在缓慢的新农村镇创建中。竹竿上晾晒泛潮的衣衫被褥。徽派老屋大部分出售给外地买主，暂被荒置在路旁，木门斜倾，窗纸剥落，马墙头上覆满蓬草。村民拆掉用黄泥、石头砌成的旧舍，翻盖起簇新的现代洋房。新新旧旧参差交错在一起，仿佛化了一半妆的面孔。

朋友手指坐落于田野间的一排破旧屋舍对我说："你瞧，它们多漂亮。"他曾目睹过诸多奢华隆盛的景象，却言这种破败为美。但它们正在消逝中，将永不复得。

于是这一刻，我了悟到它的可贵，或许恰是这种落后、封闭、破损的状态。效率迟缓的改造使它得以保存下夙昔的生活痕迹——那段虽贫乏，却处处充满珍爱心和仪式感的旧光阴。当地人坚守的这种生活，是来此短暂游玩的过路客无法看到的。它独一无二，地壳般层层密密，需要耗费时间去剥茧，去识别。

徽州是一个古老而沉重的地方，它不轻松愉悦。连美都显出颓唐之意，残缺一如断臂的阿芙洛狄忒[1]。它的确是我的灵感缪斯，我去掉刻意的美化，渴望接触本质，为它和在这片土地上出现过的人写下无所作为的文字，但它们终会随风四处散去，从此与我再无关联。没有人能够完全地捕获它，占有它，表达它，没有人。

是的，我将要离开了，你也不会归来。

你是谁？

你是每一位游走在外的赤子，或与我一般寂寞的异乡人。

---

1 古希腊神话中爱与美的女神。——编者注

过客身

　　我是在寒冷的隆冬第一次遇见他。徽州的冬季湿冷难捱，但他炉子生得好，薪柴丢进藏炉中"噼里啪啦"熊熊燃烧。坐在一旁，热得手脚冒汗。炉上通常会放几块瓦片做隔热板，可以在上面烤小金橘，或是以梅干菜及猪肥膘肉作馅的蟹壳黄烧饼来食，烧饼个小质厚，一口咬下去，咸辣酥脆，滋味浑厚。

　　经常围坐炉边吃晚饭，百吃不厌的几道菜分别有臭鳜鱼、火腿炖豆腐、南瓜蒸板栗、干锅花菜、毛豆炒萝卜干。饭后他饮茶，我喝热水。嗅闻厅内幽冷的腊梅香，彼此你一句我一句地闲聊，交谈内容大部分关于写作或纯意识流的问题。

　　上个世纪八十年代初，他在大学念哲学，逢第一批西方文学涌入中国。人们迫切地渴望知识。他披阅广泛，以至后来读书变得挑剔，很难奢入俭出。

　　一直对八十年代感兴趣，那是个"文艺复兴"的时代。当时的人们心性相对单纯，做事情不夹杂追逐名利的目的心，仅凭心头喜好，亦不在乎外界可以提供给他们怎样的创作环境。作品流露出的气质与现在截然相反。最根本的一点可能就是心态的自由。

　　年初有段时间一直处在自我编织的幻觉里。过去我是个习惯自己排解情绪的人，但这次不同以往，越压抑越导致它困在胸口横冲直撞，如鲠在喉，迫求寻个信任的人倾诉。终于在一天夜晚把《苔藓》发给他。翌日，我们依然对炉而坐，他喜欢这篇文章，欣喜地赞美道："你的文字让我开始观察一种过去从没有关注过的植物。"

因暴露自己的内心，突然间难过到哽咽，泪水滚落下来。这是我在他面前唯一一次流泪。

"世上没有什么是不能说出口的，只要你信任某个人就可以说出来。你已经走在了那个男孩的前面。他还年轻，即使他知道，也未必懂得这份情谊里包含的意义，因为他现在不能与你势均力敌。"他如是道。

其实那个阶段我已有隐约预感，如果不及时记录下这种感受，它大概很快就会消失。因它来得太过迅猛、盛大，由此显得形迹可疑，不具备实像和现实意义，仿佛掉进幻境的沼泽。

五月，我与友人在黄山排云亭观看日出。前一晚大家做好心理准备，不管明天天气如何皆不打紧，一切随缘。天公作美，翌日天晴日艳。凌晨五点，橘红色的霞光从山峦的尽头迸溅而出，层层晕染着天际，如扑上沙岸的浪花。不早不晚，因缘交会，它的发生出现在此时。目睹良辰美景，它倒映在心湖中荡起波痕，仿佛只为与我的一期相会。

在自然馈赠的奇观面前，忆起自己对一位少年人的精神性的恋慕，如把鲜花洒入江河，它们面朝太阳升起的方向，漂入大海。无所求，无所期待，当内心达到一种"侘寂"状态时，那些激烈悲伤便会自动隐没、消失。也许我谁都不爱，仅是沉浸在那个叫做"爱"的感受里。但我仍愿相信它带给人类的力量。

他在法国遇到一位同样热爱音乐的战地记者，二人分享彼此收藏的音乐曲目，发现许多歌曲完全吻合，感慨能够带给人触动的事物向来无国界。他不听流行歌曲，只听纯音乐，偶尔伴随绵密有力的鼓点，嗓音苍凉的男低音，或少数民族独有的乐器伴奏。但基调无一例外不悲伤。

我看完《悲惨世界》二十五周年音乐会的录像（他观看的次数不下四十遍），写下几句观后感发给他，大意是不管人类身陷怎样的困境，唯有真善美能够引领人们通向光明路。聊到写作亦如此。

平庸安逸的现代生活，装载不下好文章。记录的大多是宽裕下的刻奇，于锦上再添花。书写者需时刻保持警惕性。真正的好文字，无所谓明亮或晦暗，应在读者面对选择时，能够带来一些指引性的方向，或身处困境时，偶因联想起某篇文章中的只言片语，心中似被注入力量。

他反感"诗人"这个称呼，无法阅读卖弄风月刻意美化的文字。不看重写作技巧，认为一篇好文最根本的要素是写作者敢于一览无余地表达内心感受，从虚无中显化出唯有自己能看见的事物。关于阅读，谈到阅读不仅限于看书。听音乐、看电影、拍照片，饭后在溪边散步，与智慧的人聊天。其实都是在阅读。

起初他在我心里的印象是位举止落拓的性情中人，日渐发现他的行为处事与形象产生极大反差。

一次，他从后门回去。见院中一片漆黑，就把一直通向我居住的小屋的走廊灯全部打开。

一次，把别人送的手工饼干丢给我道："这些都是小女孩爱吃的。"

又一次，我的情绪陷入低落，他发来《怪物史莱克》的电影插曲安慰我道："一个伤感透顶的灵魂，却活在童话的空间。"

他是位难得一见的有心人。与他相处，的确像走进某个童话故事——孤独的小女孩误入林莽，却幸运地遇见一位热心肠的护守山林的猎人。

有天傍晚，我们站在田埂边，他突然慨叹道："小时候，我们兄弟三人因家庭成分不好被父母散养在乡下，小孩子不懂事，就知道天天下河游泳摸鱼，感到非常快乐。但不知不觉间就已五十几岁，身体一年不如一年，好像只有这颗心一直未变。"我听后，什么也没说，但这句话却委实入了心。

三岛因畏惧肉体衰退的程度远超死亡，选择在三十八岁时以切腹自杀的武士道方式结束自己的生命。他本就是细江英公镜头里口叼一朵白蔷薇的英壮男子，眼神锋利似鹰隼。心灵敏感的人，不堪忍受美人的迟暮、花朵的凋零、爱情的逝去……他们感受到的痛感要比旁人强烈许多。但灵魂一生被身体控制，无人能够挣脱它的拉坠。哪怕羁魂不老不锈，肉体仍如故营营。

直到我将要离开那里，他对我说："你要知道自己与外面的那些女孩不同，不要浪费掉这段稀少珍贵的经历。就让文字代替你开心，也代替你哭泣吧。"

我了然他后半生都不会再离开这片土地。有些人必然需要比时代多行一步，哪怕目前看似"落伍"。相信若干年后，时间将验证这种生活方式带给人内在心灵的影响和改变。

回来后，有时会想，我到底从徽州得到些什么？

那么，我现在可以回答：我曾见过最美丽的风景，吃过最美味的食物，遇见过一群最善良、有趣的人，爱过他们的同时且被他们爱过。我在徽州有个家，它在山麓处，溪水旁，几棵很高很高的樟树下……

苔藓

没有亲密的接近，没有期待，有的只是恰当距离的欣赏，和充满力量的清淡情意。因它没有遭到破坏，于是储存下更持久的能量，在记忆深处发出恒久温暖的光。

在皖南，有一种植被，生长在背光处，阴影里，颜色幽绿，质地柔软，这便是苍苔。它可以悄无声息地一点点扩充蔓延至树皮表层，石子间的夹缝，和墙根的最底部，呈现片状的燎原之势。人们可以忽略它。忽略掉它的色彩、柔软、沁凉，却无法控制它蔓延覆盖的趋势。同时，它又矜持静默，仅愿在阴暗里存活。

◇ 壹 ◇

车里弥漫着一个年轻女孩的大卫·杜夫香水味。浓郁、香甜，满满填充了整个车厢。他们是一对年少恋人，关系亲密，总爱黏在一起凑着头说悄悄话。没有人知道他们在聊些什么。热恋中的女孩身上辄是香喷喷，混合无法被抑制的荷尔蒙，铺天盖地，包裹缠连。景况似春天开满枝头的粉红桃花，芳香炽烈，引来蜜蜂采蜜授粉。然后待到秋天，生出果子，就此热热闹闹地完成一年中最重要的使命。但那些无法散发出香味的花儿，难道就要独自凋零？

狭窄的车内还坐着另外一位年轻姑娘。她的两只细长的手相互交叠在一起搭在膝盖上，目光投向车窗外的山景。车子沿盘山公路向坐落于深山中的一处村庄驶去。

被砍伐的树木堆叠于路旁。

"这些是杉木吗？"

"是的。"

"杉木跟松木比起来，哪个实用价值更高？"

"松木，因为松木的密度大。"

"这些木材为什么不卖到外面？"

"他们要留着自己用，春天给茶叶杀青……"

望向窗外的女孩心里复制下旁人闲聊的对话，也不知记下来有何用，仅是喜爱这些有关大自然的朴素问题。内心织就一张密实的网，细若蛛丝，能敏锐捕捉到这些通常是微不足道的不经意的瞬间。

她再一次想起那个男孩，明明就在身旁，在眼前。却仿佛他在山的那一边，在自己相信的那个国度里。青春年少，狭路相逢，一场命运推波助澜的相遇。她来不及阻止它的发生，无力控制它的发展。她只能任由自己的心被其左右，牵引，走进茂林深处，迷失了归途。那个男孩，他是山神和月神共同孕育而得的孩子吗？她宁愿他来自一场虚无，而非真真正正的血肉之躯。

女孩的香水味缱绻悱恻，时间会慢慢将这气味熏染到男孩的发丝，皮肤和衣衫上，他很快就会有了她的气息。很奇怪，一次相遇有时会成为一段感情的开端，而有时尚未开始就已终结。他们同样狭路相逢，在山峦的拐角处相遇，只彼此打了个照面，来不及说上几句，就要擦肩而过，背向而驰，甚至还未来得及说出心头的喜欢。

女孩闻了闻自己的手腕，什么气味也没有，仿佛是一个失去性别和自我存在的人。如果可以的话，她愿意为他穿上深蓝裙衫，洒上雏菊香水，做出曾经不屑一顾的取悦姿态。但当这一切都没有存在的意义时，她立刻退回到另外一个界面：路人甲，一株没有任何气味的花树，一个从未爱过的孤独者。

◇ 贰 ◇

南屏村没有一盏路灯，一入夜，整个村子就陷入到黑暗中。当地居民习惯在夜色中走路，或是踩着明亮的月光悠闲散步。他们的视力都非常好，极少有戴眼镜的人。

他们并排走着，男孩用手机打光，女孩一路沉默。身后传来熟悉的儿歌声，妈妈在陪儿子哼唱动画片的主题曲。孩子的歌声在宁静的夜里显得清脆至极，仿佛天籁之音。女孩痴痴想到，等身旁的男孩最终成长为一个男人，他是否也会如此耐心地拉住孩子胖乎乎的小手，一边在夜色中散步，一边唱歌给孩子听。他会唱什么呢？但能够确定的是，他应该是位疼爱孩子的好爸爸。但那时这个女孩又在哪里，做些什么事，似乎已经不重要了。

车子在公路上前行。如果可以这样一直一直开下去该多好。开到世界尽头，开到无人之境，即使开到陡峰断崖边，女孩也不会下车，不会有任何的犹豫。但是终究还是要下车的。她想起那天夜晚，心中被瞬间扑灭的火焰。死灰可以复燃吗？死灰岂能复燃。这样也好，不再被心头的那团烈火久久烘烤，她倏忽间清醒过来，那不过是瞬间的事，就像心死如灯灭。

女孩因差点被撞破心中的秘密，尴尬垮掉的脸终于恢复到微笑模式。她可以搽一些玫瑰色的口红，礼貌微笑地看着这个男孩，不过是个唇角上扬的弧度，哭亦不过如此。她心里有一个至为可笑的梦想，她奢侈地给自己一个时间期限去实现它，如果实现不了，她回去继续做闷头走路的无趣人，自此不再开花。

男孩的出现是个意外。狡猾的巫婆在女孩的头顶上设下一个诅咒，让她在陌生的情爱路上在劫难逃。她明明是个不需要感情的偏执狂，她享受孤独带给她的宁静，她觉得无爱可以让她所向披靡。她歧视爱，最后却被爱击倒。

或许某一天女孩可以轻描淡写地这样告诉那个男孩：以前觉得，梦想里决不能有人的介入，对方会令我软弱，实现的概率将变得微乎其微。事实证明，这个观点的确正确。你从不属于我梦想的一部分，但是我依旧被你左右，徘徊不能前行。所以请不要给我任何希望，不要给我关注，连无视也不要给我。更别提喜欢和爱了。

◇　叁　◇

　　凌晨四点，她从梦里惊醒，在黑暗中睁开眼睛，又恍惚看见了男孩的脸。她现在终于可以肆无忌惮地盯住那张脸看。饱满光洁的面庞上偶尔会露出孩子一般稚气的神情。他的眼底这样清澈，没有黯然与阴影，心里住着一位少年。

　　她没有告诉过他，如果想念如炽，她便往山里走，越走越深，愿与天地山川相望无言。若能被山风吹了头，使自己清醒一点，岂不更好。立在河底的巨大石块上，一步之内便有湍急，流水淹没了音乐，覆盖住耳腔，也吞噬了她的想念。这样，她再一次变得无话可说，只是笑着，一直笑着，哀极了便不再有悲意。

　　自她来到徽州后，每一晚都会做梦，做一整夜的梦。她怀疑自己是此地的入侵者，所以被安住在这里的神明排斥，妄想使些小伎俩逼退她。她怎会轻易地回去，她还有许多事没有做完。即使脑袋里那条每天都岌岌可危，濒临碎断的神经断掉，她也会把它重新接连起，继续闷头走着足下路。在爱的面前，她同样对自己残忍。明明是无爱之国的教徒。今日却被心蛇引诱，误入情爱的伊甸园。

不知有人问过他吗？你在这里觉得寂寞吗？有没有孤立无援时？

或许她不该这样问，她应该问：你快乐吗？喜悦吗？

对一个面庞上没有覆盖上任何苦难和阴影的人，一个见多了美人，喝多了美酒，看多了美景的人，这样提问也许才更恰当。那纯洁又是什么？若纯洁为没有沾染上世俗征尘的灵魂，那么女孩已不纯洁，虽然她尚存着一具纯洁的肉身。

与男孩漫步古镇的早晨终将成为记忆里最令人不忍触碰的一部分。她仰头望向牌坊楼，男孩侧过头来不经意地看了她几眼，他看到了什么？看到她不过是场错觉，他决定再次退回自己的世界。女孩则想到如果下一次再来这里，即使过去了若干年，她仍会见到男孩的脸。他是那样坦然，那样纯善。这是他的利剑，亦是他的盾牌。

即使将来，世事过后，男孩业已不再纯洁，但她依旧希求，男孩的心里住着一位少年。

◇ 肆 ◇

今日大寒，听见窗外哗啦啦发出流水般的声音，以为下雨了。到院中一看，原是下起像盐一样洁白而细小的冰粒。越过屋檐，放眼望去，远山云雾缭绕，一幅山水墨画自眼前徐徐铺展开去。自然景物之绝美，却映衬出现实生活的缥缈空虚，使我想起生命之虚无。

希腊有则神话，宙斯决定惩罚村民的愚蠢，提前告知此地先知，不管身后发生什么都不要回头，继续向前走。未料先知的妻子抵挡不住心中的好奇，向后瞅了一眼，肉身瞬间化为石像。我听后心有余悸，觉得将来不管做任何事，既然已走在路上，就绝无回头的可能。

但是我还是决定要继续喜欢你，仿佛只能喜欢你一样。在这个瞬息万变的时代里，我希望自己可以做一个长情的人。对方到底是谁变得不再重要，只要爱永恒持久地在那里燃烧发热，始终能够温柔地温暖我心。

我现在非常沉静，像在深海里沉潜。听不见任何声音，张开双目，所见仅是足以盲掉的绝望深蓝。身体里的某扇窗已紧紧关闭，若偶尔听到零星半点关于你的消息，流星划过夜空，转眼间不见踪迹。在被流星摩擦时，夜空感觉到一点痛。但不经意，所以就不再痛了。

曾经有过一段时间，曾极度厌世。生之困顿，让我宁愿成为一朵长于峭壁间的岩花，或一只在大海上空翱翔的飞鸟。尽可能地不说话，不参与，保持自我的尊严和自由。但命运明明有一千种方式让我消失，但它依然让我活着，来到这里，遇见了你。

因此，我下决心一定要认真地喜欢你，把这份爱原封不动地藏匿于岩层间，让它在未来亿万年的地壳运动中被塑造为一块至纯至净的花珀，让它成为一个美丽的谜，成为永恒。

你永远都不会明白这份感情里到底包含着什么，不知道也好，但你终将有明白的那一天。那时，我应该早已离开徽州，混迹于城市间，被城市上空蒸腾出的欲望熏染成一个浓妆艳抹的成熟女人。又或者独自一人在敦煌看壁画，人愈发安静，憔悴，但眼神依然澄澈。也许哪种都不是，我依然是我，有时懵懂无知，有时透彻决绝，但会在每一个极静的时刻，想起徽州，想起你。

其实人的一生能够一直坚持且不感到乏味的事情并不多，不过寥寥数件。理想算一件，求美求知算一件，去爱当然也算一件。有爱可求固然美好，求而不得，把爱持久地存于心间，化为一种更深邃的力量，这样的人才有资格去爱。因对方对我关怀备至，我才喜欢对方，这绝非真正的爱。爱应是一种无言无求的给予，一种默默固守的坚持。不浓不烈，却始终都在。

这些话我不会对你谈起，即使当我离开时。

◇ 伍 ◇

二十一岁时，在给一位素未谋面的朋友的信里写道："心若冷成磐石，搬不走，捂不热，我就在这里，不会为任何人流一滴泪。"这么轻狂的信誓旦旦，如今看来真是顶可笑。但也真实，我原以为我会如此，将一直如此。后来，我为你流了泪，感觉心中其实并无多大的悲伤，只是到了某些时刻，情难自禁，就有水从眼角渗出，令我觉得软弱和难堪。我为何要落泪？在同情谁，可怜谁？女孩习惯于自怨自艾，我也未能逃离窠臼。

但是现在，我为自己能流下眼泪而觉来温暖。仿佛一次由残缺向完满的进化。我的心此刻像十五的圆月一样明亮而饱满，再无阴缺时的云影与清凉。这样真好。我忽然意识到自己其实一直在得到，我触摸到了犹如心脏一般跳跃、脆弱、鲜活的情感。即使你一直懵懂地站在河流的那一边，我们未曾涉水而过，并肩而行。但我依然在得到，得到了许多人也许穷极一生都没能体会到的爱的感觉。

曾把美好的少年比作洁白梨树，喜欢上他们的感觉恰如一句古诗："忽如一夜春风来，千树万树梨花开。"面对这样一株梨树，也许有的人看见，觉得它美，无法忍受和割舍离开它的痛苦，便在它身旁建起房屋，愿与之日夜相伴。也许有的人同样被它的美震慑，但她不愿惊扰到这份美好，在这片山林中，它过得如此怡然自得，受享雨露、阳光，清新的风。即使在浓黑的深夜，亦有温柔的暗香浮动。她立于树下，注视良久。随后抖了抖衣裙上飘落的花瓣，决定转身离开。

也许经年后，当她老了，可以把它编成故事唠唠叨叨地讲给孩子们听。她那时年轻，有一头浓密的乌发。有一年她路过一个村庄时，巧遇一株梨树。花白叶绿，因过分美丽而显得珍贵难拒。但她只记得在很深很深的夜里，若有寸丝光线，那些花朵便能反射出莹白光芒。它的美是这样持久，绵延，使她一生都无法忘怀……一个俗套但又清新芳香的老故事。

那日傍晚，我走到小河边，坐在石凳上，太阳尚隐没于云雾中。奇怪的是，人们总觉得唯有自己爱得深刻伟大，其实千百年来这等情爱不过是寻常。亦觉受伤委屈的人是自己，却忘记自己也已得到很多。

此刻，目之所及，乡村一隅风景。山峦连绵起伏，远远近近，在飘渺云雾里洇染出不同色调的蓝。一群家鸭乘溪流自深山里漂下，其生动趣味无法用文字细说。大自然之所以能呈现出多姿多彩的景象，大抵因它开放的性情。狭隘只能让人固守住那一点点得到，唯有内心具备开放的格局才能容纳下更多世间风景，我忽然间明白了过来。

就在那一刻，仿佛天意。金色的黄昏光线从云层里照射出来，波光粼粼的溪涧上像泼洒了一层金粉。于是我想起你，想起那株梨树，似乎可以坦诚得释然。或说，我用一颗更开阔的心去喜爱你。一如淡淡地喜爱檐雨、露水、灌木、凉风与朝霞。所有的炽烈冷却一下，淡一些，方能够持久地有价值地存在。否则，只会烈火焚身，转瞬间消亡。

◇ 后记 ◇

十个月后，她离开徽州，重返北方。一日收到那位少年的微信消息，他写道：在杭州开会，一路开到灵隐寺中的酒店想着你的话，感觉气质特别符合你，优柔带着一丝神秘，正巧也下着濛濛细雨，就好似同你在对话。

她忆起那次感冒生病，他用一种极其温柔的口吻询问、关照自己的病情。连续几天开车接送她去打吊水。她当时黯然地自忖着，怎么会有这么温柔的年轻人呢？但这的确是他，换做任何一位朋友，他都会如此。

在她的记忆里，他将一直是那位个子高高，穿格子衬衫和运动球鞋的少年。她见到他时，他才二十一岁，却有着超出同龄人的沉稳妥贴，不懒惰、不暧昧、不悲观。日后定会沉默地长为一棵蓊郁的参天乔木，屹立于清泉幽林的最高处。她曾在一本先锋杂志上见他着一袭素色长衫，理清爽的短发，含笑站在徽州的黑瓦白墙下。仿佛前世浮梦。

若干年前，她一定在此见过他。今生，又千里迢迢地前来，只为再看他一眼，自此，才可以心安地离开。

她不知道该回些什么，踌躇一阵儿，决定如实写下初心：当你快乐开怀时不必想起它。如果偶然遭遇困境，希望那时的你不要气馁，念着许多人对你的喜爱，仍能积极乐观地面对一切。年轻就是未知，让我们一起加油，可以在未来看见更好的彼此。她终于可以怀揣着感激之心相忘于江湖。待再次相见时，愿已是更好的彼此。

她是一个在世事面前略感消极的人，但这段无可探测的因缘给予她的全然是正面的力量。就像徽州本身，她在此被点亮。

她曾是苔藓，一块幽绿色的出现于泥盆纪中期的藓类植物。生长于潮湿处，阴影里，以及隐喻铺衬的古诗文中。然而此刻，她忽尔觉来光彩夺目虽可喜，但被遗忘同样有它独一的殊胜。

"无论你记得或忘记，真的都没有关系。"

曾有细雨敲打过花窗，尚未落地就消散。尔后化作云，又飘起另一场雨。应还是那场雨，是此后无数场雨。

失败者

晚上在县城的餐馆食小羊排和鱼头汤，忘记它们均为过敏期的禁用食物，脸颊两侧开始稍许发烫，生出淡淡微醺感。

会忘记，还是因为不在乎，我的疏离心总是不经意地冒出头，哪怕是对待我自己。

皖南近日持续降雨，到处都是黏腻湿漉的，感觉皮肤上都能长出青苔，令我十分怀念北方生辣的晴天。

走出餐馆，淋着小雨去打车。困且疲倦，不想说话，目光涣散地望向车窗外的村庄，雾气氤氲的雨夜，不再真实可靠，宛如幻境。

没有缘由地忽然觉得很寂寞，寂寞的感觉就像唯一一束烛火都被熄灭，陷入绝对的黑暗。想逃离这个瞬间，又不知能逃往哪里。

与开车的司机师傅相熟，他用夹杂黟县口音的普通话热络招呼道："别回去了，就留在这里生活吧。"

此地村民都是淳朴善良的好人，真心善待我这个外来者。但寂寞不是身边有人陪伴就会消失。它似携带在体内的染色体，与生俱来，永无更变。始终有群灰色蝴蝶围绕于我周身飞舞。

一直在听曲调轻盈的民谣，看描述四季与美食的法国电影，同简单纯良的人为友，或将自己打扮成编发辫、穿连衣裙的森系女——一个看起来没有被阴翳覆盖，而是饱尝阳光照晒、雨露滋养的向日葵般的女孩。用各种外相的形式进行自我催眠。即便如此，仍会在某些隐晦的时刻，被重重打回原形。

我的身体里住着一位失败者。这样不留情面地说出，所有曾无法解释的特质都变得合情合理起来。

在西递那几日，每天下午都会另起一条巷子在古村里迂回溜达。一次，石板路的尽头现出大片菜地，还有一家青旅。粉墙上绘一只模样憨实的大白，心里突然间生出一丝暖意。

逢湿冷的阴雨天，于是进去点一杯名叫"醉昆仑"的热奶茶，坐在小太阳前烤火。里面的店员都是来自四面八方的青年义工，似乎年少轻狂，便有资格一意孤行地追逐远方。

他们貌似区别于其他安分守己者，对自己的人生有所规划和探索。其实不尽然。即使已做出选择，仍会在路途中时时被迷茫拉坠，丢失方向。这的确是实在而难堪的境遇。也许每个人面前都有两个选择：一潭平和的湖，一座神秘的山。前者使我饱受心灵上的煎熬，而后者却带来漫漫孤寂。远行愈多，就会发现这种行为不再是为了获取自由，而仅是放任自己用一种孤寂对抗另一种孤寂而已。世上的所有道路，无所谓庸碌或精彩，走起来皆属不易。

多数上个世纪九十年代出生的人内心没有流浪情结，他们非常单纯，成年后也依然维持少年样，乐于享受安逸自在的生活。那种仅凭靠坚定意志就能够跋山涉水的行路人是他们无法想象的。旅游和自我放逐毕竟是性质完全不同的两回事。

其实许多事我做不来，因为我体验不到它的幸福感。但在某些隐晦的时刻，在一些苍凉而荒芜的景色面前，总有零星触动我的暗物质存在。就像我的失败，潜藏在体内的暗黑力量，火种一般烘烤着我，诱惑我做出一些选择。群星回旋的夏日夜空，旁人坐在豆棚下悠然赏月，而我大概注定是那位徜于草丛、捕捉萤火的人。那就寻一只碧纱笼拢住它们，为夜归人照亮足下路。

在这个虫鸣响彻耳畔，非常寂寞的雨夜，我竟原谅和接纳了自己的失败。想对那位失败者说一声：谢谢你来到我身边。

翌日清晨，夜雨初霁。整个村庄焕发出一种沁人心脾的新绿。野草上聚屯着雨珠，四只牛背鹭排列齐整地飞进积水的田洼。我的文字这样浅陋，无法描写出分毫。或许正因为这种不自知，不经意，才格外触动人心。

遥远的旅途还将继续。偶尔下雨，偶尔天晴。

风 物 志

北宋时，有一种唤作"天水碧"的丝帛染色名，色泽近似浅青。相传南唐后主李煜的妃嫔在一次染色时，把未染好的丝帛置于露天过夜。丝帛因沾上露水，竟染出绿意，若集江南烟水于一身。

古味园

村庄的沃野里，坐落着一座建于清乾隆时期的六角砖塔。塔高五层，呈黑白色调，建筑结构玲珑古朴，将这座宁静的小村衬出古意。旧日有诗云：一塔凌霄起，晴云足下浮。遥天连碧野，远水抱村流。

环绕塔身走上一圈，饶富趣味的是六个角的角尖处皆坠有一枚铃铛。因年代久远，铃铛内部腐蚀生锈，已发出不了任何声音。但站在塔下，若有风吹来，仍能依稀感到那个立于旧时光里的它，自近及远荡漾起的清灵声响。在一切旧式的建筑面前，时间都在呈现某种倒退之势。人亦如此，长久浸染熏陶，内心格局、眼界、审美将会随之发生变化。

沿柏油小路向前走，途经六角砖塔，一小片在深冬依然碧绿的竹林，数百米之外，相邻着几家房舍。其中一家，屋院外的右侧门边上悬一块牌匾，白底黑字，最下方六个字写着"古味园食品厂"，旧日气息扑面而来。推门而入，院中挖有一口池塘，一只健壮黄狗慵懒地趴在池边晒太阳。其余周边，凌乱地栽种形状各异的藤萝灌木，布放峻嶒山石。也养花，菊和杜鹃在阳光里热闹地盛放。院中一片蓬勃之景，显露出店主人对于日常生活怀有的某种秘而不宣的热忱。

三层现代化小洋楼，一楼设为生产间。人至中年的朱师傅与妻子从清早就在房间里忙碌着。朱师傅是碧山一位售卖果品糕点的手艺人。因制作过程沿袭古法，口味传统，在碧山周遭的街坊邻里间享有知名度。

徽州人所食糕点，从外观及口感上偏向一种"寡淡"之味。此地被绵延山峦环抱，许多地方仍维持着较为天然原始的生活状态，人的欲望小，来自外界的影响和侵袭亦小。所食之物皆就地取材，并不刻意追求外观上的华美和口感上的细腻。粗朴、脆实、咸甜适中，搭配当地盛产的茶叶来食，更添一抹山林木树的滋味。

走进生产间，朱师傅正在土灶台前的大铁锅里熬煮糖汁。糖汁的配方有讲究，需两种糖混合融化，取白砂糖的脆和饴糖的甜而不黏，饴糖则从大米里提炼而出。选用木柴做燃料，成本昂贵，价钱远超过电和煤气，但为了做出旧时口感，甘愿倾付其他生意人不愿付出的成本代价。一块矩形铜片置于铁锅旁的灶台上，他解释道这是用来检测糖汁熬煮状态的小工具。滚烫的糖汁滴在冰冷铜片上迅速凝结，他仅用食指和中指在上面摩擦几下，凭借常年累月锻炼出的手感就能判断出糖汁此刻的状态。

此时妻子端来两大盆刚出锅的黑芝麻，在明亮的光线下蒸腾起热气，香味扑鼻。把黑芝麻倒入铁锅中，用木棍翻滚搅拌，拉出细丝。这是一项需要花力气和巧劲的步骤，动作要快而均匀。随即迅速出锅，团成块置于案板上。趁着芝麻糖尚未冷却凝固，用一根长方体木块按压塑形，再用菜刀切成匀称的条状，齐整地摆放在切割机的暗槽内，发动机带动起刀片，快速起落中，黑芝麻糖被切成大小适中的规格落入竹篓中……

夫妇二人穿戴护袖、围裙在房间里有条不紊地工作。朱师傅不断运动中的手指，不像每天从事大量手头工作的人。但联系起院中的木、花、石，一切又都合理起来。只有这样一双手才能建造出如斯院落。虽看似杂乱无章，毫不精巧，但其中隐藏的野趣非旁人能够轻易体会。就像他仍然愿意选择一项许多人明知它的好处却不愿付出行动的方式去完成自己的工作，他持有举重若轻的寻常心。聊起那个现代化式样粗糙的切割机也是近年才买，更早之前，连切片也需手工完成。问他平时几点起来做活？他腼腆地笑了笑，答：六点多才起，现在不用起太早。现已入深冬，徽州地区早晚湿冷愈重。待到春节，愈要每天起早贪黑地忙碌。但从他的话语里听不出丝毫抱怨之意，这里的人对于辛劳的工作持有一份随遇而安的心态。

尝一块黑芝麻糖，不油不黏，脆而密实，口感极好。店里还做桂花墨酥、麻酥糖、方片糕、小桃酥等各种在徽州常见的小点心。尤其到了春节，家家都会备上一些，既可用来供奉先祖，也可作亲友间走动时的家常点心。用来装点心的包装袋，左边的图案是一枝盛开的腊梅，右边则是那座在碧山最具标志的六角砖塔，仿佛一次旧日风骨的传习。

一对儿女学业有成，留在城市工作。每年只有春节时才回来。不知他们是否懂得父母从事手作的意义为何？至少对于年轻人来说，那是一项枯燥、寂寞，甚至看不到任何前景的工作。但假以时日，相信他们会从这些手作的点心中，领受出里面蕴藏的那份由手抵心的情感。

想及，这方是手作物真正的价值及秘义所在。

说茶

四月初，江南冗长的梅雨季尚未到来，徽州的雨就已酥润地下起来。无风时，雨丝直直地自瓦檐向下落，水滴而不断。百无聊赖之际，孤立于廊庑下，用手接雨玩耍，触感清凉，如咀嚼院隅栽种的薄荷叶。

徽州山多地少，雨水丰沛，地势与气候俱应一则古谚："自古秀山，多出灵草，江南湿温，尤宜种茶。"村子里有位关系熟络的姐姐，家里数亩茶地。每年清明前夕，无论晴雨，凌晨四点就要起床去采茶。一直劳作到下午三点，用尼龙口袋兜盛当日现摘的茶芽，骑电瓶车赶去县城通往屯溪的路口，那里聚满集中买茶的商贩。去晚了价钱则被降得极低。农人靠土地、时令吃饭，作物不等人。不追赶质量上乘的时间采摘，付出的辛苦将无法跟收获成正比。

此地首要种植的茶叶品种为绿茶，声名在外的如毛峰、猴魁、屯绿之类。《歙县志》内有一段关于黄山毛峰的撰记："毛峰，芽茶也，南则陔源，东则跳岭，北则黄山，皆地产，以黄山为最著，色香味非他山所及。而红茶则以祁门为最。"

唐代张途《祁门县新修阊门溪记》载，祁门地区"千里之内，业于茶者七八矣"，但当时祁门一代以栽种绿茶为主。直至光绪初年，从福建罢官归里的黟县人余干臣，发现"槠叶种"茶树适宜制作红茶，便仿闽红的制作法改制红茶。于历口、闪里开设分庄，向园户传授红茶制法，祁红声誉，从此鹊起。

与祁门县一家甜品店店主闲谈，获知当地人的平均工资水平基本在两千元左右，普通家庭难消受高价位的祁红。住在山里的徽州人日常饮茶皆是些无需刻意打理的山野粗茶，从采摘、杀青、揉捻、干燥，全部自给自足。虽日日布衣蔬食，未见他们脸上有何愁容。

聊到尽兴处，对方送我一杯自家栽种的高山黄菊。香味清雅，口感甘润，与市面上销售的各类黄菊品种的确不同。

采茶季伴随清明的到来，终于食到心念已久的艾馃，它是一种南方清明食用的糕点。糯米水磨成粉，山中野艾入锅加水熬汁，再和粉揉成面团。其后捏成中厚外薄的饼状，包上黑芝麻酱或豆沙泥，最后将面饼按压入模具，磕出即成。压饼模具多为枣木制，其上雕刻的花色繁多，写一些祈福禳灾的吉祥话，无非为取个好兆头。刚出笼的艾粿通体碧绿，随时间流逝绿意逐渐变深，后成墨绿。食之有雨后青草香。

柳宗悦《工艺之道》一书中，曾提及"茶人"这项与茶有关的独特职业。接触不深者，大抵会片面地将"茶人"理解为特指熟练掌握采茶、制茶工艺，精于茶道之人。其实不然。能做到与"茶人"称呼相配者，必然是茶对于他们个体的情操修养，日常生活，乃至人生轨迹皆产生深远影响的人。不仅拥有一项技能那么简单。

结识一位茶人，他给自己取名"茶仆"。在春寒料峭的山坞设茶席，周围铺摆鲜花，身侧传来潺潺溪流声。他是大理人，世代以种茶为生。外形似僧，自己种茶、采茶、制茶，茶叶用尽，就再回大理。偶尔因嗅觉较常人敏感而略感苦恼。茶是他的信仰，他经由茶去观察世界，思考涉及生命的各种问题。

用他的话而言：这些席间落座的人，不管是一呼一吸的吞吐纳气，或每一秒转瞬即逝的神情，亦或一举一动间，你是哪种性格的人，是否安住此刻，都将泄露无疑。面对茶，没有人能够说谎。这的确是一段颇为新鲜奇妙的说法，印象深刻，遂记录于此。那日被编成瓣状的茶叶，唤作"千叶"。

回想自己饮过的绝品茶是一位长辈收藏的陈年普洱，仅那张破旧的包装纸便价格不菲。个人偏爱普洱，半发酵茶，温醇浓郁，体寒或减肥者宜饮。好普洱的滋味却难以形容，不过听到一个非常生动恰当的比喻，出自与我同饮普洱的长辈。他形容道："像不像墙根土味儿。"语毕，我们二人相视着大笑起来。

一次去山中徒步，偶遇一片茶园。席地坐在园中的一段蜿蜒石阶上，晾干身上的汗。"我详细揣摩山的形款、水的流法、人的笑容是不是跟你一样那么美丽"。一路聆听林生祥弹唱的《种树》，神清气爽地下山去。

漫道尽这些涉茶的回忆。

西递

冬日午后，坐在一座由明代徽派屋舍改造的院落里，埋头食一碗热面。

白瓷碗里被依次倒入盐、酱油、醋、葱花，再夹进刚出锅的细面，用筷子搅拌均匀，末了再卧上一个圆润雪白的溏心荷包蛋。碗面上的朱红喜色艳丽夺目，碗里的面条很快见了底儿。

一串串尖锐的冰溜子坠于瓦檐下。面前的陶盆内，杜鹃在滴水成冰的深冬无法开花，空剩下几片发蔫的绿叶垂搭在梗上。另外一盆，细长的腊梅枝头冒出数株嫩黄薄脆的花骨朵。

冬日的阳光在潮湿的徽州显得珍贵，团团积云在被马头墙切割的方形碧天里快速移动，转眼间就消失得无影无踪。

在这样窣静的时刻，回想自己做出的选择仍感到安心。

很多人出于好奇问过我：你为何而来，在这里生活会觉得寂寞吗？

在镇上的老街，用五十元买的二尺花布，做过一条夏日穿的薄裙，裙面上印染奇花异草的纹案。这样褪淡的境况置于今日似乎不再真实，但在此处依然发生着。我沉浸在这些旧地旧物中寻找一些无根无着的答案，无论怎样虚度，几十年仿若从桥的这头踱至那头，荒凉有力的始终是逝去的记忆与时间。

就像西递的古老，身处其中能够感受到来自时间的重力。因每一秒流动的时间里都压缩着厚重的历史记忆。仿佛有无数个时间段在此交汇流通，叠加重合，使人恍若出世。但它却与我心脏频率保持一致，陈旧而缓慢地跳动着。它识别出我，我知道自己曾是它的一小节记忆编码。

这里有过最仁德的心，最智慧的头脑，最缜密的逻辑，最丰富的学识，最勤劳的双手，最高雅的审美，最和谐的社会制度……它的建造者把对理想家园的幻想在此付诸实践，它来自一场内心的描绘和构建，它同样是一座封闭的心城。

走进飘着细雨的巷弄，青石板路面被雨水和雪水冲刷得光洁如冰。妇人们在流经各家各户的溪涧旁冒雨浣衣，白衣洗得分外洁白。水在盛行"风水观念"的徽州具有丰富意象，"聚财""聚气"，且有"防火"之用。当地人极少打伞，雨对于他们是亲密的寻常。再次走到村口唯一一座牌坊楼下，原先此处建有十三座牌坊楼，在山脚下依次排开，场面十分壮阔。后因历史原因，其余十二座均被炸毁，眼前这座作为反面教材才得以幸存下来。

兜转一圈回到住处，见木梯旁的陶罐里插入一大枝叶绿果红的南天竹，在徽州它有"平安喜乐"的寓意。古文人清供时会用到它，与腊梅一同供于瓶中。置案头，赏之可喜。据说它的枝干有避免鸟儿患病的功效，也可做鸟笼里的栖木，对生活细节里不时闪烁出的美感渐渐"无动于衷"，大概是日夜润浸其中，见多不怪的缘故吧。

逾午出去闲逛，融雪天，山中路滑，没有登上位于半山腰的观景亭观览西递全貌。这样也好，我更喜欢独处时微末的观察。行至一处拱形老桥边，石梁上用绿色颜料描绘"会源桥"三字，散发出清淡的人文气息。桥畔一侧聚积几只觅食的土鸡，肥嘟嘟的圆身体，模样可掬。一侧立着三只鹅，通体雪白，喙和脚掌上的橘色鲜艳明亮。我着迷于它们的形态和色彩，看了半响儿，才迟迟离开。

数米之外修整过的草坪上，被安置了数台不合时宜的居民健身器材。不远处斑驳的粉墙外挂着空调机。这又是西递的另一面，侵入无可避免。

走进敬爱堂，前后来过数次。祠堂往古为村民用来祭祀祖先和处理族中重要事务的场所。伴随宗族体系的瓦解，遗留下的祠堂早已失去设计的功能，但庄严肃穆的场气却延绵至今时。整个建筑空间高大空旷，融化的雪水如水帘一般齐整地顺瓦檐滴落下来，堂内寒意逼人。

见木墙板上悬置一则旧日家训，其上书："读书，起家之本；勤俭，治家之源；和顺，齐家之风；谨慎，保家之气；忠孝，传家之方。"我不禁思索"家"是什么？欲望的都市，"家"或许仅是一个被扭曲变异的空洞概念，是随时会崩坏消失的临时暂居地。唯有心的路途，可以一直向前，没有尽头。

另一间祠堂的天井下方整饬地堆放数块石碑。圆环形的石面一边浮雕麒麟戏球，另一边刻华美的凤凰，皆属祥瑞的灵性神物。又凑近观览墙壁两侧悬挂的石板画。一幅幅看过去，先人以图代字，讲"忠孝廉正"，但图像未免有些夸大之意。其中一幅石版上，一妇人撩开衣衫的前襟，露出双乳喂养一老妇，丈夫跪于一旁，侍候左右。唯有一黄发小儿哭泣着拽住母亲的衣角。看时只觉触目惊心，像被当头打了一棒。

犹记一部介绍莫高窟壁画的纪录片中，有一窟画描绘佛陀圆寂时，前来送行的各国君王皆割鼻挖耳，以示心中的悲痛之情。写字需要逻辑理性，但图像却可以发散思维，任意想象，仿佛梦境漫游。这竟成为古人通用的惯例。

西递，即使它的每一个空间都聚满人，依然静而空。那是时光训练出的素质。我的指端曾一遍遍拂过冰冷的青砖石柱，石碑上的民间传奇，木门框里的幽谷兰草，与之静默相对，湿凉的空气里都能嗅到历史的幽香。它有残酷一面，但也有温柔。我在此流连徜徉，感觉即刻苍老，灭了痴念，换来一颗晶莹剔透的寻常心，一个沉静无声的老灵魂。

背一台旧单反，在此像午夜的幽魂一样游荡。隐去一切过往，什么也不说，走走停停，随时可消失，露水般蒸发干净。若某天我走进森林，关掉一切通讯设备，也许会幻化成一只白鸟在林中自由翱翔。当我发觉自己具备决离心后，便意识到自己可以随时上路，步入下一段长途。去看更高的山、大海、沙漠、丛林、旧城、古堡……让生命的长河多绕几道弯，蜿蜒流淌，直至干涸。

回去的路上，买下一支绿檀木簪，十分喜爱它尾部雕工朴拙的琵琶纹样。经过一间售卖茶叶的店铺时，看到玻璃杯中冻结着一朵绽开的金丝皇菊，像琥珀一样被定格在微雨的空巷里。

瓷都

陶瓷施釉的方法种类浩繁。浇釉、荡釉、浸釉、刷釉、蘸釉、喷釉、滚釉……博物馆偌大的一楼展厅，我是少数几位被制陶工艺吸引，为之驻足的游人。

走了很远的路，仿佛此刻才算触及一座千年瓷都旧日生活的肌理。但这种曾经渗透到每一抔高岭土、每一块磁石的真实与日常，却在时光里与人的双手渐趋脱节。如今残存下的那部分，有的被束之高阁，有的则登上高高的展台，沦落为世人表演的道具。如抵达之前隐约预感到的现状：时间使此地改头换面，难寻往昔痕迹。

在祁门汽车站换乘巴士时，看到开往浮梁县的车辆。白乐天曾在

《琵琶行》中写下："商人重利轻别离，前月浮梁买茶去。"浮梁便是未更名前的景德镇。

唐时曾是全国最大的茶叶集散地。至宋时在士大夫阶层风行"斗茶"的娱乐活动。所谓"斗茶"即比较茶叶优劣和烹煮时所用茶具的精美程度。当时素有"饶玉"之称的青白瓷因润莹剔透的品相成为上等的斗茶器皿之一。

在馆内目睹了各式造诣精妙的青白瓷，亦有白瓷、青瓷、茶叶末釉、砖红釉、雾蓝釉、雨过天青等各色瓷。或清然侘寂，或丰盈明艳，皆各具性格。满目琳琅缤纷，心中荡漾起快乐。一时间没办法全部消化，回味将是缓慢而持久的。但令我沮丧的是一座曾凭靠劳动者的智慧与手艺闻名于世的古都，现今仅能从一座博物馆内寻觅旧日记忆，"村村窑火，户户陶埏"的往昔已形迹杳然。馆外不知何时下起暴雨，撑开一把长柄黑伞决定离开。

曾在798参加过一个创作分享会，嘉宾是一位毕业于清华美院的年轻人，三宝陶艺村的壁画皆出于她手。当时就告诉自己：你会去那里，看一看那些壁画。

后来抵达那里，步入一座庭院。院内搭起木桥，引一曲清流，种葱郁芭蕉，建镶嵌瓷片的泥巴房舍，挖一池睡莲荷塘。自然看见她的壁画，以《山海经》为创作背景，作画意境诡谲艳丽，个人风格独到鲜明。

但我对这座友人推荐的院子略感寡味。在路途中遇见数座未得到及时维护修缮的徽派屋舍，孤零零地兀立于群山间，显出一种浑然天成与自然万物交融为一体的质地。破败可以是种美，拙朴也可以是。但夺人眼目的不一定为美，刻意雕琢的华丽更非。渐渐了然自己为何钟爱三国前，魏晋及宋——那是绝对日常、目的单纯、款式清简的手工艺的时代。

市中心的商场橱窗内摆放着标价动辄成千过万的华美瓷器。有高仿的爱马仕瓷，曲线优雅的下午茶骨瓷器皿，及整套纹样写意的东方茶具。听一位做过制陶工人的当地司机闲聊，制作材料没有不同，不过是品牌的差异影响价位的高低，大部分仍是粗粝的流水线作业产物。直到在朋友的带领下走进一间不对外开放的私人作坊里，见木架上陈设一组由陶艺人用柴窑烧制的瓷器作品时，才算真正体悟到什么叫做美的器物。

细观这些被揉进人类情感和自然力量的瓷器，虽然价钱昂贵，但识物者买回去便可使用一生，离开后也能留给后人。识物、用物、惜物，一代代良性地传承下去。过去这是习以为常的观念，不用去教。而今大多觉得困惑的是，怎么可能一辈子只用一件好物？或与一个认定的人相伴到老呢？于是不断地淘汰、丢弃。时间还是同等密度的时间，唯我们仍觉太慢太慢。

一位对自己的技艺毫无信心的制陶工匠不会选择使用柴窑。柴窑不仅成本昂贵，还存在诸多不可掌控的因素。一窑烧得好，也许会收获一两件罕世精品。若烧坏，之前的辛苦都将付之东流。随着制造业的发展，可控又便宜的气窑逐渐取代柴窑将成为必然的趋势。但试想一下，相同的磁石和高岭土，经由双手、柴窑烧制与由机器、气窑生产的器物会有何不同？

《浮梁县志》曾载下旧日盛景："景德一镇，则固邑南一大都会也。业陶者在焉，贸陶者在焉，海内受陶之用，殖陶之利，舟车云屯，商贾电骛，五方杂处，百货聚陈，熙熙乎称盛观矣……"

暮雨中，我再一次撑伞离开。以淡淡失落和沉默结束了这段旅途。

篁竹

冬日，一行人进山吃杀猪饭。车子沿盘山公路向地居密林深处的美溪打鼓岭驶去。流动中的时刻总令我感觉放松，如把自己抛掷在外，不管不顾。自我的意识逐渐淡化时，对周遭物色的感知随之清明起来。

饭前有人建议进山挖冬笋，听后暗自跃跃欲试。动起写一篇描述徽州小说的念头，文章里应出现这样一位少年。他兼具纯良品性，明亮精神，健壮体魄。他获取的知识与技能均通过自己的双手实践而得。他仿佛山神附体，安住于灵丘幽峻中，独守这片山林。他会挖笋、采茶、种地、伐木、酿酒、建房（徽州遍地可见这般能人）……希望他能像农人一样勤劳，且拥持思想。后来将这个念头搁置，它似与少女心境并无二致。

下过雨的山地泥泞不堪，黄泥甩满靴面。行至一处，停顿下来，回头展目眺览远山近景。苍绿山林，袅袅炊烟，现出古诗文中的清和意境。进入竹林，清爽空气里夹杂阵阵植被的腐坏气。男人们脱掉外套，扛起锄头，在林中各自散去。我跟随一位经验丰富的当地村民，见他在杂草丛中随意拨弄一番，笋尖从湿土里冒出头。尔后用锄头清理完周围的土，再沿笋的根部轻轻往上一带，动作利落地挖出一块完整的冬笋来，此行收获颇丰。下山时，诸位成年人纷纷捡拾起如一根形状奇特的树枝，一块纹理多姿的石头，山涧边缘疯长的绿藻，带回去装点庭户。

此时年关将至，各家各户开始着手置办年货。腌制鸡鸭鱼，悬于竹竿架上晾晒。冬至过后，从猪栏里挑一头肥猪来宰杀，遂把"肉讯"张贴在老墙上，消息散布皆由街坊邻里口口相传。我将之抄录于下："本户于某年某月某日，在家杀猪卖肉，届时欢迎大家选购。"内容朴实，富有乡野趣味。余下猪肉或灌制成香肠，或腌制为腊肉。

杀猪菜用土灶台炖煮，新鲜猪肉配搭干笋衣、干豆角、干蕨菜、干萝卜丝等作垫菜的野簌，它们可吸取汤中油脂。小菜是农家腌制的泡姜、鲜红辣椒和鲜红萝卜条。众人围坐一团大快朵颐。我不太吃荤，专捡被油脂滋润后变得朗润起来的锅边菜。米饭极香，用柴火蒸熟，颗粒分明。又饮一杯主人家泡酿的猕猴桃酒佐膳，胃里感到十分清爽。

那日赶上一个冬日里鲜见的阳光明媚的好天气，饭后大家围在院中休憩聊天。我觉得热，脸颊发烫，于是躲进一条背光处的巷内来回踱步。

忽忆有位骑者对我谈过自己途经古格王朝遗址时的感受心得：当你的生理感观处于极度不舒适的自然环境中，那么当下的环境绝对有震慑心魄之美。即"眼睛在天堂，身体在地狱"。

若不具备登崖涉涧的信念与勇气，自然难体验到日月河山的浩瀚壮丽。"人在一生当中应该走进荒野体验一次健康而又不无难耐的绝对孤独，从而发现只能依赖绝对孤身一人的自己，进而知晓自身潜在的真实能量。"

照相

去县城拍照，走进一家位于老街尽头的照相馆。

拍照地点位于二楼。狭窄过道，水泥楼梯，右侧发污的粉墙上用朱红色油漆刷写四字"照相登楼"。走上二楼，另一番景象展现在眼前。

长条形木相框里嵌黑白老照片——若干红妆的面庞。年少时不论姿色如何，眼眸尚清澈，皮肤尚光洁，仅需寸丝光线，画面显现出的质感都如凝脂般细腻柔和。但她们如今都在哪里呢？

冗长岁月将渐渐淡化她们的颜色，扭曲她们的身形，一种无法停止的衰退正在她们周身蔓延侵蚀。如果这些从女孩蜕变成母亲、祖母的女人们再次步入这家照相馆，见此照片，心中又会作何感想……虽然这样的假设过于牵强，但照相馆的确是一个能够使人感到快乐，抑或留恋感慨的地方。

目光一件件掠过在幼时记忆里闪闪发亮的物品：粗制简易的人工布景墙，幼童的学步小车，长条木板凳，塑料假花盆景，可以打出伦勃朗光（三七光）的照明灯。此刻仿佛立在一处时光的中转站，只要轻微迈出一小步，便能一脚踏进另一段时光中。

小时候每年过生日会被父母领去相馆拍照留念。彼时留乌黑齐耳短发，穿白纱蓬裙，眉心中间点一抹俏皮红印。在每一位小女孩的记忆深处都会有这样快乐的时刻。对于美丽的憧憬，甜蜜芳香。那种快乐，似一张口，从心中飞出蝴蝶。

换上一件脏旧的藏式蓝色盘扣小袄，与同行的J君拍照，并戏言这会是张别具一格的"乡土结婚照"。照片里，男孩神情微妙难测，女孩被彼此的装扮逗得眼笑眉飞。热烈笑的女孩大抵不是我，而是那位爱穿白纱蓬裙的小女孩。她表里如一，用不着隐藏与掩饰。画面被定格的一瞬间，成像恰是内心最真实情绪的一种外相表达。省略掉后期处理，让相片回归到最自然的面貌。

照片打印出来后，边缘被切割成令人怀念的锯齿轮廓。以前人们会亲自给照片上色，或在一角署上拍照日期和纪念缘由。对照片存有珍惜之情。相馆老板提及这家1974年开业至今的老相馆也将难逃被拆除改造的厄运。

若把这条虽旧败，但却鲜活多姿的街道改造成过度PS后的规整模样，将会失去动人之处。就像普通人的一张脸，虽不完美，却独一无二，具有认识度。无论是人，一间店，还是一条街，只有最真实的表露，才能产生共鸣的情感，才有七情六欲在此流淌，延绵流长。

默默注视这张相片，时间一去无回，我到底不再是那个小小女孩。于是我立于时光的这头见她朝我挥手道别，转身跑回记忆的深处。

我的房间内有一扇八十年代式样的窗户，木框上刷蓝漆。透过它，我览雨赏雪，听被大风吹起的香樟发出潮水一般密实、汹涌的响声。

仙人居

旧日那里，青石板漫地，蜿蜒迂曲无限伸延。道路两旁的店面鳞次栉比，一律黛瓦粉壁马头墙的砖木楼舍。窗棂门楣或圆或方，式样繁复清美。工匠的木雕技艺精湛，门楣上刻雕市井故事、山川草木等各式花纹。街巷内遍布药材、绸布、典当、钱庄、酒肆茶楼等各行各业，市声喧腾，车水马龙。

江汜

那日傍晚，昼夜交替之际，新安江两岸的灯火已悉数亮起。江水里倒映灯火的影子和高楼的轮廓，水天共一色，是清雅的淡蓝。

在汪一挑老店食馄饨和五彩蒸饺，饭后走到江边，左右两侧有一截石梯可通向位于底部的观赏露台。我立于石栏旁看渐渐弥漫起的夜色。身后坐落着一条仿古的黎阳水街，建筑簇新现代，无非是在任何一座古城都能见到的观光消费场所。这不是屯溪留给我的印象。

江对岸，那条被世人赞誉的巷弄华灯初上。旧日那里，青石板漫地，蜿蜒迂曲无限伸延。道路两旁的店面鳞次栉比，一律黛瓦粉壁马头墙的砖木楼舍。窗棂门楣或圆或方，式样繁复精美。工匠的木雕技艺精湛，门楣上刻雕市井故事、山川草木等各式花纹。街巷内遍布药材、绸布、典当、钱庄、酒肆茶楼等各行各业，市声喧腾，车水马龙。

在未抵达前，它曾是一场灯火流动的古老梦境。人们习惯美化未知地，然现实一贯使人感到幻灭。

不再怀抱期待，沉默地观览、经历、感受，以一颗开放静谧的心。

夜晚的江边，树梢上吊挂的装饰灯泡一闪一闪，湮没繁星的光亮。广场上有孩子在滑滑板车，女人们聚在一起闲聊家常。现实生活走到哪里都是一样，平和、琐碎，掩盖掉所有的困顿与疑问。

没有人走下露台，若有行人刚巧路过，对方会看到什么？新安江畔，一位孤身只影的女性背影。或许在过去的几百年间，这个背影一直在出现和消失，她们总以同一种伫立的姿势久久凝望远去的舟帆。如同这里的春雨，绵绵密密地下着，未曾停止过。

想起自己的固执，总是一个人走走停停，无人并肩看风景，不认为是件难堪的事。我从不怀疑孤独的忠诚，它始终陪伴着我们每一个人，或近，或远，但从未远离。因此有时觉来自己的内心俨然一座空谷，那里寸草不生，无可依凭。即使有过热爱，感到日日夜夜都是清凉，如皎然月华落于安睡的面庞上。但它又能持续多久呢？

望向夜晚的粼粼江水，逝者如斯，不舍昼夜。生命的常态令人怅然。

在徽文化博物馆内读到一段往事。贞女年少时模样秀美，早早结婚，婚后不久丈夫就出外经商去了。此地有个风俗，丈夫离家一年后，妻子可以往陶罐里投下一枚核桃，一年掷一枚，用来计算丈夫外出的时间。直到核桃满溢出陶罐，满鬓白发的贞女心心盼盼等来得却是丈夫早已溺水身亡的噩耗。不知江水底部堆积着多少核桃的残核，里面又裹着多少旧时徽州女人的容颜与思念。

若丈夫没有出外经商，她们可能需忍受同其他女人一起分享丈夫的关爱，未必就过得幸福美满。但因她们用尽一生的时间坚守住一份契约，忍受住了孤独的凄苦，她们才将自己活成一种古老的接近理想的精神。这何尝不是另一种超越于世俗情爱的情感。或曰，已不再是情感，而是用古典的情怀相交相知的道义。

古典的情怀是君子一诺，胜过千军万马。无论遇到任何阻碍，仍能如期而至。之于男女，不是纠缠伤害，而是彼此尊重宽容，一起共进，一起奋斗。

她们曾用古老的爱的方式，爱过自己所爱的人——我用古典的情怀爱着你，不觉得那是件蒙羞的事情。爱不可耻。我守护你，正如守护我自己。

我们同情这群被封建礼数捆绑毕生的徽州女人，认为她们是被命运捉弄的可怜人。然可以肆意追求欲望的我们难道就是幸运者？一个无处安放真情实意的时代，一群毫无心念信仰的人们，当心如灰烬之时，谁才是真正的可怜人？

事实所见：孤独，不能将人打败。唯有心无所念地独活，才是真正的削弱与摧残。

饮茶，见春日的山色湖光。光阴如一霎飞

鸿去远，它使我们很快地忘记一些人，一

些事。但我仍固守着古典的情怀，最终被

彻底损伤。

小诗

这是一条我没有走过的道路，依然除了山，还是山，此起彼伏，连绵不绝。

从小生活在内陆的广阔平原上，未见过如斯坚秀的山地与江流。而今日日相见，在山麓下的房舍里安睡。感觉回去了，即使什么话也不说，心底却有了某种秘而不宣的底气，它已在潜移默化中重塑了我的内在结构。

我们一路向南，在春天的山路上奔驰。我把目光投向车窗外，内心并无多少喜悦，只是不想错过在此的第一个或许也是最后一个春天。

我看到大片大片的油菜花田，弥漫着奢侈的气息。山坞的稻田里，插秧的农人弯腰劳作，在广阔明亮的山水间缩成一点点。路旁一闪而过的指示牌上有好听的徽州地名。美溪、渔亭、叶村、棠樾、唐模、呈坎、厚善、百户……非常东方，充满古意。

开车的少年用一只手把控方向盘，另一条胳膊靠于车窗，姿态悠闲从容。窗外没有遍地的高楼广厦，没有拥挤车辆和刺耳汽笛声。同车的人或轻声聊天，或闭目休息，也都极为放松自在。我在听一首歌谣，歌曲里有草原和候鸟，有长大了要远走高飞的孩子。忽触及心底一处柔软地，心念着回去可以写一首小诗，像散文一样清雅、优美，但不遵照任何诗体的小诗。

旅游宣传画报上的徽州不是真实的徽州，而是被削减掉朴实面目的徽州。这里，没有一场不切实际的浪漫邂逅，或美好爱情的发生。这里，更适合独行的孤独者，以及热爱自然风光的单纯明亮的人。

我不知自己将去往哪里

而你又通向何方

但我知地球的公转与自转

了解四季选替的奥秘

也许我们还会相遇

哪怕已是下一个来生

我希望仍是这片绿水青山

仍在油菜花开放的春天

稻田里有插秧的农人

山茶树上蹲着一只绿鸟

你有一张最年轻的脸庞

我也并未衰老

我们面迎春风

大笑 奔跑 像孩子一样

我捡拾起一枚松果放于你的掌心

你折下一朵蒲公英插进我的发髻

我们会途经一座村庄

桃花落在你的肩头

你抬手弹去花瓣

露出多情的鬓角

不知为何

我落下泪来

但心中并不感伤

我不愿你见到这热泪

它将在你的梦里化作一片茶园

而此刻

你已不是你 我也不是我

我们是山峦与云雾

是夜路与星辰

但我们这样相爱相亲

以为此刻就是永远

还有许多故事等待发生

一些旧案需要了结

我只想问 不知你还记得吗

就在这条江边

那座斑驳的古桥上

我们曾穿过时空的裂隙

并肩看过一场橘子色的黎明

花事

在徽州经常能见到沐浴光线的细雨，这种雨有个好听的名字叫银竹。雨的别称另有跳珠、嘉澍、玄泽、清露、夜春、霡霖、廉纤。我如热爱研制草药汤剂的吉卜赛女郎，痴迷塔罗牌占卜，对新奇词汇和大自然的细节有种天生狂热的"收集癖"。

翻看花令绘本《二十四番花信风》。物候与节气相对应，通过一年中动植物的变迁过程来对应气候的季节变化。南朝梁宗懔在《荆楚岁时说》中记载：始梅花，终楝花，凡二十四番花信风（应花期而来的风）。小寒一候梅花、二候山茶、三候水仙；大寒一候瑞香、二候兰花、三候山矾；立春一候迎春、二候樱桃、三候望春；雨水一候菜花、二候杏花、三候李花；惊蛰一候桃花、二候棣棠、三候蔷薇；春分一候海棠、二候梨花、三候木兰；清明一候桐花、二候麦花、三候柳花；谷雨一候牡丹、二候荼蘼、三候楝花。楝花开罢，花事了。

我也依喜好，记述下各种知名或不知名的花卉，洋洋洒洒地写在笔记本中。

夏季，田洼里各种野生花绽蕾盛开。土罐里抽长出数朵橘黄色的萱草，外形似百合。萱草也叫母亲花，象征无私母爱。它还隐含另外一层意思，却是离别。明代有位女画家绘过一幅名叫《萱蝶》的画作。画中两株绽放的萱草，与蝶相伴游戏。这种蕴含东方情谊的古老的花，在城市里几乎看不到它的身影。

茂盛的凌霄攀绕于古镇颓残的院墙上。陶缸里滋生出繁密的像"绿蚁"一般的浮萍，三两片粉红睡莲浮于水面，圆叶上随风滚动着几滴晶莹圆润的雨珠。

溪畔通常能寻到大片的扶桑，远远眺赏，五颜六色溢出生机。尤喜橘、黄二色。在西方它被用作占卜爱情，杂糅入巫术的神秘意喻。而我仅想表出的是，纯洁与热情。

向日葵向来讨人喜欢。摇曳在绿野间像一张张无辜笑脸。通往县城的马路旁，一排鲜丽蜀葵不知不觉已开放。偶闻凤仙花可以防蛇，在夏季虫蛇出没的乡下，不禁要奔走相告。

野生花的色泽都极为饱和、纯正，个性分明。加之外形、气味全无暗昧。它们更接近绿植的属性，鲜少能感受出欲望的奔涌蒸腾。

即便有它们日常相伴，某些隐藏在体内的欲望却在夏天开始觉醒、发酵，窜流在每一根血管中，积蓄力量，于沉默中长出一株白茶梅灌木。（女孩的笑容愈来愈美，皮肤如丝绒般闪耀着光泽）虽然它仅仅只是恋慕的欲望，渴望靠近的欲望，温柔相拥的欲望。

有些人虽看似如温室里生长的花，形态优美，汁水充沛，芬香馥郁。但性格却如野生花一样刚烈，具有置之死地而后生的韧劲。野火烧不尽，春风吹又生。它不畏惧死，活着的每一刻都如焰火燃烧。

采蓝

木窗外又淅沥地落起雨。撑一把硕大的长柄红雨伞立在院门前等人，绿雨靴踩在漉湿的卵石路面上。一盏发出黄光的铁皮罩钨丝灯悬于老香樟劲长的树杈上，被深夜的山风吹打得来回晃荡。鼻尖嗅到隐约幽香。在种种不真切的意象里，感觉自己倏忽间变成一位生活在旧时光里的老派之人，身与心皆趋近一种自然本真的状态。似乎可以随时幻化成另外一种样子。比如夜来香，比如淡紫色的马蔺草。

山麓下昼夜温差大，四月的夜晚仍穿手工棉鞋。雨天则穿橡胶雨靴。雨伞配雨靴——这种装扮上一次出现还在幼年。仿佛过去的这些年，不过是年龄增大，身体抽长，头发短了又长，而内在结构却无任何变化。那个独自一人蹲在松树下玩泥巴和松针，会吸食一串红花蜜，被毛毛虫蛰伤手指也不会撒娇哭叫的小女孩，她懂得什么是快乐？她只是在形式上貌似顽强地活着。

夜晚的油菜杆斜倾着在乡间的柏油路面上投下一丛丛黑影。四瓣黄花败落后，剩下光秃的细长绿茎，顶部色泽接近一种茸茸的青绿，略微泛白，比山木的翠绿要淡上许多。对自然缺乏常识的行人已很难辨认现在的它们。当然也难认出那些点缀绿野的紫色五瓣野花是紫云英，水红色野花是野杜鹃。我如今从村人那里学到一些野簌卉木的知识，不免要写出来卖弄一番。心里惦念着待到五月初它们被刈收，再次漫山遍野地开花已是明年。

去看更高的山，更阔的海，更老的江村……

在雨中轻踱碎步，绿蓬纱裙簌簌作响，湿润空气里蒸腾起泥土的气息。回顾自己在此的时间，仿佛大部分属于这样的清夜。

黑夜放大所有的身体感官，有时靠在大厅的沙发上困意朦胧时，惚恍间可以听闻到那些混杂在一起的各种来路不明的声音。投影白幕上播放的电影里传出简爱低沉的嗓音，她对罗切斯特说："你其实并不英俊"，不知约克郡的湿冷是否跟这里相似。还有身旁来自一位女性的舒缓的呼吸声，蝙蝠的吱叫声。除此之外，雨声、鸟啾、虫唱、蛙鸣，皆能逐一辨认。

在没有一盏路灯的乡村，习惯做一位每晚都会仰望夜空的人。一次深夜，走在村中的小路上，举目所见，不知日后该向他人如何诉说。我仿佛循着唯一的一条甬道，走进一座烟霞缭绕的山谷。它由心景幻化而出，仅在昼夜更替之时出现，一个来自远古的故园。这确凿是我曾渴盼过的那个属于夜的寂静时刻。

白天站在门外送别一位背画板的男士，他是位职业画家，喜八大山人，吃全素，修禅。对他的画作印象深刻的是满纸晕染的天海蓝，映现出一种禅意的宁静——山川、修竹、孤亭，一位枯坐弹琴的僧者。不知可是他在打坐时见到的幻景？犹记得寺院在梵语里的称法叫"伽蓝"。

在徽州，我常穿天海色长裙。蓝易被内心营建自我世界的人喜爱。即使它冷淡孤僻，不悦目合群，但那又怎样呢？

打算刺一枝垂丝海棠图案的纹身，让海棠花沿锁骨、肩头、手臂攀绕蔓延。不畏疼的可以再纹一只天堂鸟，花香鸟语，周身弥散起春之气息。向他约图，欣然答应。他之前也曾热心地说过："如果哪天你来画室，可以绘一幅肖像送予你。"

山中无甲子，人间岁月长。在此沐浴过的那些风雨、云雾、声色、花香、凉夜，有时令我愈发沉默、无言以对。有时又似乎可以掰开了、扯烂了一点点讲给孤独的陌生人来听。

檐雨

年轻人坐在廊檐下的竹椅上抽烟，白瓷缸里堆满烟头，腾起的烟雾似雨后的山谷，洁白云雾飘带一般一缕缕萦绕在被雨水冲刷过的翠绿山腰间。

他看见自瓦檐滴落的雨击打在蓄满水的石筑马槽内，荡起层层波纹。槽内一隅的数朵睡莲朝开暮合。如出一辙的应还有竹叶飘落，乌云团团涌动，飞鸟扇动翅膀隐入山林，飘扬于春雨里的一抹天水碧衣袖，有人打白马而去。这些属于光影世界里的帧帧画面，虽动即静，暗伏玄机。

不一时，雨更急，电闪雷鸣，大雨滂沱。乡村生活放大自然的威力，它不再是个被逐渐淡忘的遥远抽象的词。它的脚步在靠近，真实地袒露在人们的眼前，耳畔，甚或皮肤上，开始变得历历分明。

孩子们在尖叫，脱掉鞋袜，头戴斗笠在大雨里来回穿梭。大人们仿佛也被这场雨震慑到，都静默地凝视着天色灰暗的庭院。也许他们从未见过如此气势磅礴的雨。仿佛大海漏出一个洞口，海水顺之灌入院落。又像一艘处于下沉中的巨轮，将被海水与鱼群吞没。

年轻人深夜再次被雷声震醒。轰隆隆，轰隆隆……似一列喷发白气的蒸汽火车从头顶上方呼啸而过。

他晚上喝了几瓶当地产的农家米酒，味道甘甜可口。又饮下数瓶迎客松啤酒，却怎地也喝不醉。睡意朦胧中想起湿闷的白天在木门上见到的一只大蝴蝶。它全身嫩黄，双翼上对称分布四颗绿豆形状的花纹。这里惯常遇见大多是白色蝴蝶。黄色很稀少，他也是头次见，道不出名字，不知此刻它是否已蹁跹飞走。但他知道自己会一直记得，连同在这里发生过的一切细事。

大雨中的紫云英热闹闹地开着。江浙一带，亦唤"草紫"。清明前后，与蒲公英一般习见。紫红色似豆苗的小花朵连片铺于青绿田野间，毫无矜持，散发出充满韧性的吸引力。他的女友，一朵丝绒玫瑰，骄傲与华丽最终限制住她，她不再拥有任何想象力。他希望能有一位赤足、白衣的姑娘来解救自己逃离困顿无休的日子。每晚当他辗转难眠时，都能讲一个新故事给他听。

"北宋时，有一种唤作天水碧的丝帛染色名，色泽近似浅青。相传南唐后主李煜的妃嫔有一次染色时，把未染好的丝帛置于露天过夜。丝帛因沾上露水，竟染出绿意，若集江南烟水于一身。"姑娘身穿白衣、腕戴白玉，话语里有种自然的天真态，是明月一般的人。

在她的故事里，院子变作轮船，雨非雨，蝴蝶非蝴蝶，云英非云英。

夜与昼时的嘉陵江。

怀 时 录

这些怀古思旧的文字仅会散发出泥土与山岭的气息，大海与天空的气息，皂角树与玫瑰的气息，飞鸟与鱼群的气息，斜风与细雨的气息……

清净身

发生过的一切，以为真实无可破，却与生命的本质毫无关联，仅仅如波浪、山、云、风、电、雪、雾、色、泡、乐、苦之类，从无到有至无无限轮回中的现象。我们每个人都是一粒种子，最后又归于一粒种子。生长过程中的状态皆属一时。

漫记青城

◇ 一、问道青城 ◇

今年春节，我回京过年。机缘巧合，偶遇她的《寄世书》。文体似日本短歌，念之朗朗上口，唇齿间方可品出一股中正素朴的况味。作为一名老派文学爱好者，待文字向来挑剔，但仍倾倒于她的片言只语。吴从先《小窗自纪》云："不为俗情所染，方能说法度人。"而她自是无意"说法度人"。世上能度己者，唯有自身。她称自己为"蜀中女冠，涉世一遗人"，名"云姑"，不再有其他二话。

春节过后，我决定再次远行，时限为半年。一度在秦、蜀间徘徊，她成为我最后择蜀而来的关键原因。计划探望她前的半月内，我深陷于一种隐隐而生的伤感中，但绝非少年人常患的那种"为赋新词强说愁"的弊病。

犹记一日午后，与一位长辈闲聊，我言："我到底是位俗气的人，欲望蕴存于心中，仍被世俗的某些价值观左右，同时又对人心深感失望，由此显得狼狈不堪。近日唯一的心愿，是去青城山看望云姑。"语毕，无明的哀矜忽而漫溢，泪水自颊面滚落下来。这的确是近日实在的心境。

青城山位居四川省都江堰市西南，为四大道教名山之一，主全真道。因其峰峦环绕，林木幽翠，四季常青，故名"青城"。云姑谈起初进山时的情景：带有宿命的意味是，檐雨、不可解的梦、山水、碑文、无法挽留的诸相。而我闻见却是另一番光景。

从成都搭乘高铁，一小时左右的车程，抵达青城。阴沉天，继而入青城前山赤城阁一域，绵连青山脚下现出一截木桥，仿若一个微明洞口。忽联想起那位于南山种豆的五柳先生。径路旁有妇人担卖樱桃，绿叶红果，用竹筐盛了满当当。四川这边集市上售卖的樱桃几乎都是野生，买不巧，拨开果肉时，会看见有细长的白虫子缓缓蠕动，吓得我不敢再买。当地人食之前，通常会用盐水浸泡一阵儿。我在北方食到的多是个头略大，色泽紫红的车厘子。

木板铺建的小径尽头，便是一条通向山里的直长大路。高大水杉夹道，绿阴遮天蔽日，郁郁葱葱。路灯上装饰阴阳太极图，道学文化处处渗透于青城。没走几步，便找到她修道的地方，在大门口打电话给她，她让我在此稍等片刻。

我举目四望，环视周遭。见一水门汀方碑上刻四字：问道青城。

此时院内的音响传出一位男性长者的浑厚嗓音，所言内容关乎道学，我从未接触过，心中没有感应，只觉入耳声抑扬顿挫，伴这满目绿意，恍惚间竟不知身在何处。

这时，一位女冠朝我走来，我细细端详她。一双黑色十方鞋，白高筒袜子打了绑腿。穿一件素朴的藏青斜襟道袍，用子午簪和混元巾将青丝高挽。一张小圆脸，却细眉细眼，戴一副方框眼镜，颇具书卷气。神情清淡，肌肤细白，面无纤尘。我见她面善，却什么也未说，随她向殿堂走去。

她讲话、行坐、跪拜等一切行止无不端然稳妥，露显训练过的痕迹，绝非数月可达成。我伴一旁，那日穿藕色棉纱连衣裙，戴一对粉贝莲花耳钉，唇上搽淡口红，被她衬出"土木形骸"。路上，她瞥见我小腿赤裸，轻声说："山上温度低，你这样穿会冷的，我还穿着灯芯绒长裤呢。"刚下高铁时，腿部的确凉意丝丝。此刻被她这么一提，倒觉得愈发冷了。于是讪讪回："青城山的确比成都冷得多。"

不多时，走到一座静穆殿宇前，名曰文昌楼，里面供奉的神祇正是文昌梓潼帝君。往古民间崇祀神明，如魁星、龙王、土地爷、关圣帝、文昌帝君、东岳大帝……他们掌管人间各类事宜，百姓建庙宇供奉，祈祷他们赐财保安。在江浙、川蜀的乡下至今仍能追踪蹑迹。但今年轻人对道学玄幻之事所知不多，我也算其一，遂在文里粗略注明一些文昌帝君的来历。文昌原是星宫名，包蕴六星，简称文星，或文曲星。古代星相家认为它为主大贵的吉星。自隋唐产生科举制度后，文昌帝君成为中国民间和道教尊奉的掌管读书人功名禄位的神祇。

其原型为唐越嶲人氏张亚子，后迁入蜀七曲山（四川省梓潼县），称"梓潼君"。《明史·稽志》载："梓潼帝君，姓张，名亚子，居蜀七曲山，仕晋战殁。人为立庙，唐宗屡封至英显王，道家谓梓潼掌文昌府，事及人间禄籍……"记述无不详尽。

我随她举步入内，抬头见殿内正中央供养文昌梓潼帝君的塑像，左右两侧的陪祀神为帝君的两员部下"天聋"和"地哑"。塑像前的条案上奉香烛、鲜花、果糕。我本持着一种随意的游兴，她却郑重其事地教我该如何行三拜九叩礼。此礼源于华夏的传统礼仪，《周礼》里便有详述。

"双手合十，左手在上，右手在下，左手拇指在右手拇指与其他四指之间进入右手手掌心，握紧置于肚脐以上胸部以下。你看这种握法像不像阴阳太极图。其实道学上的拜叩礼仪与中医经络穴位融汇贯通，经常做的话，对身体健康十分有益处。"她轻言细语道。

我端正态度，现学现做。又应她的话，跪于文昌帝君像前许下一个心愿。不知若真的实现，日后是否需要过来还愿。她立在一侧轻摇一下铜铃，又帮我结缘两本道学册籍。我们便一起步出文昌楼。

此时已近晌午，我不能吃辣，她提议去附近一家居士开的素馆子解决午餐。走之前，她先到办公楼取为我提前备下的两瓶师父亲酿的猕猴桃酒。来的路上，看到成片果园，据她言：过去的道门清寒，师父们自食其力，靠种茶酿酒维生。除去生存技能外，亦拜师学习了几样陶冶情操的本领，练字、作画、奕棋、吹箫、弹琴、舞剑。如她师父擅古琴，日日习琴，从无松怠。她同样学过一些皮毛，但不够刻苦。遂总结人这一生，能够把一件事做到极致已实属不易，哪怕再精进寸毫也需耗费许多精力与时间。

我立于楼下等候时，发现桥畔冒出一株开盛的石楠。头一回见到这种树是在徽州，彼时长于田间。曾折下一大枝，用清水供于室内，厂房般的偌大空间都能嗅到一股浓郁香气。但它是一种易生争议的气味。我倒不反感，她却不喜，只盛爱山茶。

我们来到餐馆，择一临窗的位置坐下。点几道素食，有炒豆角、炒空心菜、蘑菇炒木耳、白菜豆腐汤。回京后，陆续去过峨眉酒家和川办餐厅，或许是心理作用，感觉没在四川吃到的滋味地道。在阆中，曾吃过当地一家食客盈门的名叫"李家厨房"的川菜馆子，所有菜式一律按三国故事起名。因张飞病殁于此，留下一座衣冠墓冢。一代英豪，忠烈流芳。饮食间混合着历史遗存，倒是十分下饭。但川菜的做法偏油辣，我实在难消受。今日的素餐令我口中寡淡，意识到人的味蕾难被同化，更异常想念妈妈做的家常菜。

我的兴致不在吃食，时常看望窗外，大片成排的高大杉木随风摇曳，不知年轮几圈。此情此景真逢时，仿佛尘世正渐离我远去。我借片刻宁静回望自己的来时路，恍然间方觉已走过一段很长的路了。迢迢路途，我以不断的行走对抗生命与时间不断损耗的无意义。形式上貌似有意义，实则依旧无意义。人生若梦，万境归空。每次一想，心中总免不得徒生怅惘。

她一面夹菜，一面与我娓娓道来。许多年轻人在新媒体后台给她留言，想似她一般，遁入道门。他们希求上山的原因各异：情感失意

的，对修仙生活好奇的，躲避尘世琐事的……一人一种想法，一个目的。暂不去理论这些目的的得失与好坏，就她个人的经历而言，乃非一个可以随意做下的决定。

未入道门前，她遍读儒、释、道原典，参加寺庙和道观举办的义工活动。二十出头束发学道，上山已三载，此间从未出过山。入道第一载，目睹现实与想象间的差距，失望的心情无以言表，唯求助于文字。不知不觉写下十七万字，记录出家前后的环境变迁、心路历程及对旧日俗尘之亲情的歉意，取名《蓼怀集》。因其母爱红蓼，旨在献给母亲，故得名。如果没有文字的支撑，她该如何顺利度过这段时期？但不管此是命运的推波助澜，还是自我的坚持，得以让她在这条求道路上继续走下去，其背后自然有她既定的因果。

世间诸相无不应了《庄子》中的一段话："死生，命也，其有夜旦之常，天也。人之有所不得与，皆物之情也。"她因过早地看清"江山明月，本无常主"，便以自渡的方式在无意义中寻意义，在万变中觅不变。其中苦乐唯有自己知晓，如她规劝盲目者的那句——各有前因莫羡人。她又谈起若此时自己年过而立，必会放弃出家的念头，因为脑力跟不上，无法专注去学习。秀山烟霞绝非脱离尘世的避难所，本就是光怪陆离的世间，又能逃到哪里？任何境况皆是摆脱掉一些烦恼，又生出另一堆烦恼罢了。但烦恼和痛苦为菩提，使我们清明地了悟，恒常的安宁在内心。

饭后，我们走回她的办公楼，并列坐于一间二楼的活动室。屋宇明敞，里面摆放两张木桌、几把靠背椅、一块黑板及几只圆鼓。与我们座位相对的是一面十二扇联排的玻璃窗，透过窗户，见室外翠绿涛涛，山禽声此起彼伏，竟闻不到一丝人世声。

她的日常生活，穿斜襟袍，眠架子床，摇团扇，饮桃花酿，弹古琴，披故纸堆。这滴滴点点怀古的场景符合她对生活之美的认知，朝暮沉浸其中，从而构成她笔下的文字幻境。确凿"或或其文，文如其人"，但非居五城十二楼的仙子，她有血有肉，有癖有情。一位不具备高品位的人成为不了有价值的文章家。她则提出"好文字必然处于出世与入世间"，我表示很赞同。

下午五点多，同她去文昌楼做完晚课，我们挥手道别。心中却无别离的感伤。文字是往昔热烈的情感冷却、升华一番后的产物，日后，我们定会于彼此的文章中再次相聚。

次日，在成都方所，买下若干清言小品。明洪应明《菜根谭》、明陈继儒《小窗幽记》、清张潮《幽梦影》、清王永彬《围炉夜话》……后在京三里屯的书店买下全套周作人的书籍。近日偏幸简短、精炼的文字。读之念之，愈渐透她昔时那些"一意孤行"的择取。

每当写字时，会斟杯她予的猕猴桃酒慢啜，味道清甜，十分爽口。那葫芦形状绿玻璃瓶下方张贴纸标签，其上一排诸字为"都江堰市青城山道家饮料厂"，已久不见这般平实的标语。

文章末，附上云姑写下《寄世书》的缘由，亦是她为之写作的本心。

"冬日某天，我居山中。倚栏眺赏，见两只白鹤从山前飞过。后我立于一株挂满祈愿红带的松前，感慨世人为何会有这么多的愿望，同时又有多少未达成的心愿。人之一世，不过暂时寄住在当下的这具肉身，时之迅疾，如鹤之羽翼掠过青山。于是我漫记一些闲语，记述寄居世间的丝缕生活，取名《寄世书》。"（略有改动）

◇ 天上人间 ◇

梁任昉《述异记》载："信安郡石室山。晋时王质伐木至，见童子数人棋而歌，质因听之。童子以一物与质，如枣核，质含之不觉饥，俄顷童子谓曰，'何不去？'质起视，斧柯烂尽，既归，无复时人。"

相传晋朝有位叫王质的人，某天去信安郡石室山伐木，见几位童子正在下棋，于是放下斧头，驻足观看。童子赐他一枚形似枣核的东西，王质含在嘴里不觉饥。一局观完，童子道："还不离去？"王质忽醒悟，发现带来的斧头不知何时已腐烂。下山后，才知人间已历数百年。

我手持烂柯，从青城下山后，回首山中事，方觉"涧草山花一刹那，仙家岁月也无多。"

而此时——成都，春熙路，太古里。

与北京城的太古里相仿，巷内名店林立。我独自前往，没有预先做什么游玩攻略。不知成都尚遗留着几条古风犹存的街坊；若有，恐怕也屈指可数了。徐志摩记录泰戈尔赴京游览，泰翁戚戚然留下一句"世界上再没有第二个民族像你们这样蓄意地制造丑恶的精神"。这段发声于民国时期的感触，若放于今日，大抵已不屑评说。对于自出生起就浸润于工业化大改造的社会环境中的我，花费很久时间，方拨开粗陋审美的雾障，醒悟何为"美"。然我目前仍难改旧日环境形成的习气，企图用快捷的购物方式忽略生活之营役。

走出百货公司，坐于广场凳子上，百无聊赖地边观看喷泉表演，边等候一位当地朋友。我头一遭来成都，他开车去机场接我。晚上领我去吃豆花火锅，逛锦里巷。他比我年长五岁，模样像极十分疼爱我的表哥，心里瞧着亲，于是也叫他"哥哥"。蛮奇怪，没感到丝毫的不好意思。他说起话来轻声细语，又一个劲儿地往我的碗中夹菜，是个看似温和、心细的男人，与我之前想象中的四川人产生出入。原先以为他们的性格像小米椒般爽辣直白。

一日车辆限行，他坐地铁赶来。我们寻一家小餐馆吃晚饭，点我爱的麻婆豆腐和回锅肉。饭后坐在咖啡店聊天。他谈起自己未成年前的人生经历，父母从小对他一直贯彻"打骂式"的教养方式，少年的他极其叛逆，惯用暴力处理问题。高中时，因打断同学的手指，方慢慢转了性情。又说起他刚三岁的小儿子，身为父母，需陪伴在孩子成长阶段的各个时期，给其必要的指引才行。我望向坐在对面的他，没什么可对他说。能够独自从黑暗中走出来，成为现在的样子，已实属不易。

后来，我回京。一日他在微信中发我一段引用他人的话——世上只有一种英雄主义，就是在认清生活真相之后，依然热爱生活。

即以此句而论，我目前无法做到，因我观念中的英雄主义镀着悲剧色彩。此时能达到的，无非是谙悉自己，且不勉强自己，或许内心也能维持暂时的窀静。

与子美书

清晨，花三元钱乘坐摆渡船只渡江而过，停泊在对岸的南津关。杜甫曾两次莅临此地，创作出七十余篇诗文。锦屏山上建有一座杜少陵祠，用来展示他遗留在此的游踪。祠堂的天井下方并列栽种着两棵枝叶相连的桂树，院中阴凉幽静，除我以外，再无第二位游人。

传说吕洞宾在此修道成仙。出杜少陵祠，再行百步，山间有一八仙洞。洞前算命的男人用四川方言询问我，算一卦吗？

就在几日前，朋友带我去镇上的风水馆，抽到一张上上签——雷地豫。按六爻上的释义，若不贪享快乐，任何心愿都能达成。算卦的方式闻所未闻，在华胥之渊领受一番中华风水术，过程倒十分有趣。此时还有什么能够阻挡我吗？没有了，我业已无所惧怖。

不知若干年前，杜甫可曾入乡随俗地卜过一卦。但无论卦上的预言为何，他的一生也不可能更糟——大至国家，锋镝鸣响，黎民涂炭。小至个人，壮志难酬，遍尝挫败。子美后，世上再无悲天悯地的诗人。友人则称其为"真正的诗人"，但人在年少时根本读不懂他。

我来此寻他，在笔记本里摘抄下他摹写巴蜀的所有诗文，用来填充自己饥饿且絮乱的大脑。他与我同为北方人，对于南方，心中难免新奇，仿佛一切风物皆可入诗入画。夜晚立于灯火通明的嘉陵江畔，蓝青色的江面上映照着锦屏山的山脊线。他曾赋诗曰：嘉陵江色何所似？石黛碧玉相因依。正怜日破浪花出，更复春从沙际归。巴童荡桨敧侧过，水鸡衔鱼来去飞。阆中胜事可肠断，阆州城南天下稀。

我迷恋所有被人忽略和忘记的古老江水，去看望它们，书写它们。过程如此寂寞，毫无现实的意义。如令我仰慕的人多是心思深沉，且具备才华——那种与生俱来的真实布满裂纹。然而他们却不属于当下的时代，仿佛已消失于昔时。我该如何找到他们？

第一次见到子美，是在浓雾弥漫的嘉陵江上。广德二载（公元七六四年），逢烟花三月下扬州的时节，岸边绿绦似的垂柳冒出柔嫩青芽。两岸连绵青山，绿松林间隐约现出一座黄墙佛寺，一座细长白塔。

一芥乌篷，他自成都草堂来。细细打量他，戴幞头，身着阑衫，足登长靴。安史之乱后，他的面孔更为萧条。柔软的内心忧国忧民，论超脱洒逸，比不得其他名士。属文渐有了峻切的重量。

我白纱蒙面，背一把桐木七弦古琴。发上插紫红石竹花，浓郁色泽现出丝绒般的质地。论古有四大名琴，即齐桓公的"号钟"，楚庄王的"绕梁"，司马相如的"绿绮"，蔡邕的"焦尾"。琴后各自一段佳话。而我的琴，没有名字和故事，且不知它从何处来？又因什么缘故落入我手中？

子美的视线从琴上掠过，赞言："这把琴倒不错。"

"可有什么说头？"

"传闻东汉名医张仲景，某次给一位老者把脉，发现对方的脉象非人，而属兽类，故直言不讳地道出。对方这才坦言自己原是位居于深山的老猴子。迨仲景治愈它后，老猴子从山中背出一棵桐木送予他，以示谢意。仲景命匠人将之一分为二，制作出两把桐木琴。旧有'栽桐引凤'之说，梧桐象征高洁的品格。"

"原有这么多讲究。"

他继续问："会弹哪些琴谱？"

我回："琴为悦己，非悦人。我琴艺不精，只做读书之余的消遣。"

"最喜好哪首曲谱？"

"《广陵散》。"

"嵇叔夜的这首曲谱是考验琴者胸襟与技艺的最高级别，世上没有几人能真正懂《广陵》，更遑论懂他。"

"文公云'万里风沙知己尽，谁人会得广陵音'？"

魏晋名士嵇康，字叔夜，竹林七贤之一。深恶封建教条礼法，不愿与庸者沆瀣一气，遂断弃仕途之路，于洛阳城外做一位打铁匠，独养浩然之气。

越名教而任自然——他的这种超越于任何时代的宇宙观，如一击重拳打在所有孜孜不倦追逐实际利益的同代人的脸上。直至四十岁那年，他被统治者押上断头台。台下聚着千万仰慕他的人格品质和学识修养的人们。行刑前，他弹奏一曲，并言：昔袁孝尼尝从吾学广陵散，吾每靳固之，广陵散于今绝矣。

古文献上载下他觅得此谱的因由：尝游会稽，宿华阳亭，引琴而弹；夜分，忽有客诣之，称是古人，与康共谈音律，辞致清辨，因索琴弹之，为广陵散曲，声调绝伦，遂以授康，仍誓不传人，亦不言其姓字。

子美忽而道："在这个时代，我亦无知己。"

"我没有知己，也无伴侣。所以一直在外浪游。"

"你从何处来？"

"我不是这个时代的人。"

他抬头望我一眼，没有露出丝毫吃惊的神色，沉吟道："这样也好，我们之间的对谈将是平等的。"

这时，篷舟停泊在嘉陵江南岸。我们登阶上岸，寻一家菜馆慰抚饥腹。点了张飞牛肉、川北凉粉、凉拌折耳根、一份锅盔、两碗豆花酸菜面，以桂花酿佐膳。

我道："如你一样，我也热爱通过文字去记录亲身感受到的世界。即使彼此生存的时代不同，但个体生命的本质相仿。我一直在书写，不远万里来到这里就是为了写作。我的悲伤深藏在泪水滴落不到的地方。无法诉说，亦无人理解。唯能求助于文字。"

他沉默不语。

"二十四岁时，我辞去工作，独自前往徽州，随后是蜀地，时间持续两年之久。居住在经济落后的边鄙古镇，日夜对着山河，与草木交谈。我写青苔、山茶、海棠、紫云英、黄梅雨、油菜田……却鲜少写人。因觉过多的人物描写会使文字变得不清洁。这些地方而今早已陈败，被喧嚣的时代遗落，但它们却是现存极少的仍旧传承着古老生活风貌的博物馆。我愿用自己最年轻的时光去记录它们，并告诉世人——它们无法被复制的美。它们如今不为人知，不再有人歌咏它们，更无人热爱。它们的寂寞如寒星，隐烁在辽远的夜空中。但许多人认为我这样荒废用来工作和择偶的最佳年龄段，任性的行为接近荒诞。但我不在乎，我至死都会忠于自我。"

子美道："人生在世，谁能全然不受外部环境的影响。我的大半生随社稷的走向起伏，力若鸿毛，什么都改变不了。那些积压在心底的悲恸，仅能通过诗文来表达。我是谁不重要，百年之后将不会有人记得我，但这些诗文将属于永恒。"

我道："会有人记得你，至少我会。"

饭后，我们登上锦屏山，俯瞰呈太极走势蜿蜒流涌的嘉陵江水。我对江弹奏一曲《神人畅》。名士与山水间自古缠缚着藕丝般的牵连。"君子之座，必左琴右书"，为文人雅士集体性的人生追求。

"有时会想，如果我向软弱妥协会怎样。不再远行，放弃写作，找一份日复一日的工作谋生，然后嫁一位待我细致温和的男人，即使他永远都不了解我的本质亦行……命运向来吝啬，留给我们做选择的时间不多，我不知道自己还能坚持多久，最后被妄念烧成灰烬。"我道。

"生命用来燃烧，而非压抑。顺其自然地接受它的一切变化，如待四季。"

"如果我们同处一世，或许能成为知己。虽然我极少与男人做朋友，因见到的自私懦弱者多为男人。"

"情短暂易逝，磨消心智。大多数人皆被其损，仅有极少人能够得到助力。唯有慈悲的爱才能持久，爱是能够靠近，却不可靠倚。它需要必要的距离。"

"如今的我再难喜欢上谁。"

"这样你可以行得更远。情爱仅是上苍设置给每一个人的磨练，个体的美满绝非生命的终点。孤独之于创造者的意义，如一盏灯烛照亮漆黑深谷。他日，你定会明白。"

黄粱梦一场，醒后，子美已不知去向。唯留下阆山阆水歌代代相传。

未见山

游玩南京城中的紫金山时。友人介绍这块地方被称为"城中森林"，中山陵、美龄宫位居于此。街道两旁栽植高大的法梧桐，各种落叶阔叶乔木，草丛间点点簇簇盛放着鲜红色的曼珠沙华。不管走到哪里，头顶都有遮蔽阳光的清凉绿阴。偶遇一家民宿，见店内的卡片上写着一句话：心，是一座未见的山。

她穿绀蓝色细格子无袖连衣裙，一双棕色圆头丁字系扣凉鞋，浑身上下无一件饰物。着装打扮与上个世纪八十年代的风格相仿。这使得她与她身后的屋舍，连同脚下的土地漫绕起一股陈旧的类似于蛛网与青霉的气息。既似曾相识，让人觉得亲近，又有种隔绝的疏离。但她的脸颊上却搽抹一层淡淡的橘子色腮红，希望能闪烁出如河畔盛开的扶桑那般饱满、明亮，充满蓬勃生机的色泽。

她来自一座北方城市。十三岁时出现在同学的日记里被拟喻为"樱桃"的女孩。鲜亮、柔软、脆弱，是整片果园里最需要得到悉心呵护的青涩浆果。后来，她渐渐发觉自己身心的某一部分停止不前，一直滞留在少年，而另一部分却超越年龄地迅速成长，因此她时时要面对矛盾对立的自己。快乐于她，是清晨露珠，是铜鼎内燃烧的香，终会化为虚有。

农舍内的木板舞台上伴随动感的音乐，有身段丰满的年轻女孩在跳肚皮舞，穿坠银色亮片的胸衣长裙，化妆浓艳。男人们在台下欢呼一片。她侧身穿过拥挤的人群打算到院子里透透气，却忽然间笑了起来。数年前，曾在黄昏时分的鼓楼大街遇见小丑花店的店员。没有缘由的，她一直喜爱小丑。如果换做她，她宁愿去演一位红鼻子小丑，带给阴郁者短暂的笑声，而非靠性别特征去取悦于人。

她想起德国舞者皮娜·鲍什。只有抛开任何技巧和立意不纯的目的心，用自由的肢体去表达灵魂深处真实的情绪，才可称为一位真正的舞者。台上的表演只会令人觉得恶俗。于是她选择无视，正如她自动忽略所有恶俗的一面。

她未曾像个女人那样自处，不暴露强烈的性别特点。柔软的，模糊的，亦或纯白的、深蓝的。他们可以按照自己内心的期许，把她想象成任何一个女孩。但无外乎那是个单纯无辜的小女孩。无常、任性，需要用糖果、蛋糕、鲜花去赞美讨好她。她微笑地观望他们，揣测他们还有多少耐心就会放弃离开，结果百试不爽。他们看到的只是臆想中的那个她，而非真实的她。

她有一半属于白天，一半属于黑夜。就像她有一半属于真实，一半属于虚无。

每日清晨，她都如西西弗斯手推巨石攀向高峰，又凝望它在夕照里再次滚落至山脚下。如果不去抗拒，生命不外乎如此重蹈覆辙，周而复始。

"松下问童子，言师采药去。只在此山中，云深不知处。"人生短短数十载不过如此，困守在各种不自知的处境中。但即使无法改变什么，她依然抱持某种古典的英雄主义在前行。

如果生命是一条绿江，她曾立在江对岸，隔绝过一些人。她不觉得自身重要，始终保持一种疏离广漠的态度。但对那些爱的人却不知如何是好。如此，她只能退却，面隔江水望向他们。有时会为他们生生在江中劈出一条甬道——这是能够通向她的唯一道路。

路的尽头是一位随时准备告别，随时都会出发的女孩。她的时间不多。这条甬道只取决于她为此愿意放低的灵魂，和变成蒲苇一样柔软而坚韧的心。

她年纪轻轻，有快乐和痛楚，有激越和温柔。二者间不生不灭，不垢不净，不增不减。

经文

去逛琉璃厂，附近有一家中国书店，填满充斥黄昏味的旧书。在那里来来回回观上许久，觅得一卷汤若士的《牡丹亭》。书册棉线装订，繁体竖行右侧排版。书页发黄卷曲，残留着斑驳水渍。摸在指腹间，传递出光阴浸透后的脆薄质感。听闻当年《牡丹亭》开演时，久不开花的玉兰忽然间齐开花。虽不辨真假，但闻之到甚有情趣。

先转东街，随后穿过一条过街天桥，再游西街。一家家商铺流连过去。皮影、陶俑、唐三彩、鼻烟壶、铜铸佛像、文房四宝，清代三寸金莲绣鞋……能够寻得许多破烂物什。荣宝斋也非记忆里的模样。

兜转一圈，走进一家玻璃门上印梵文佛经的铺子。推门而入，嗅到一股清凛香气。以为是印度香，询问店主后，方知那气味原是眼前这位老人煎煮的汤剂。

她推荐我去雍和宫，介绍那里供奉一尊通高二十六米的白檀弥勒大佛，为雍和宫"三绝"之冠。雍和宫算是京城中最大的一座喇嘛庙。考其史志，据载：清康熙三十三年，康熙帝赐予四子胤禛一座甫建成的府邸，当时称雍亲王府。雍正三年，改为行宫，称雍和宫，乾隆帝便诞生于此。直至乾隆九年，才改为喇嘛庙，成为清朝中后期全国规格最高的一座佛教寺院。清震钧《天咫偶记》载：雍和宫，在国子监之东，地本世宗邸，改为寺，喇嘛僧居之。殿宇崇宏，相设奇丽。

临走时，老人送我一本合订本的佛经手册，随喜地收下。

也不知哪里传来的言论，说在雍和宫求签，应验的概率非常大。我倒不信那一套，心思无它，仅想游览一番。次日，只身前往雍和宫。供完香，步入万福阁。那尊弥勒大佛的确古穆雄伟，跪在蒲团上，方能看清全貌。这种行礼方式无疑使人愈加虔诚。

常翻阅佛册，有这样一句，出自《阿弥陀佛四十八愿》：光明无量，普照四方，胜于日月之明，千万亿倍，若有众生，见我光明，照处其身，莫不安乐……俄顷间泪流满面。

日月之明，已为人类凡胎肉眼所能企及的最大限度的光亮，却不及光明的千万之一。念至此处，感觉有一团耀目光线照彻周身。仿佛只有这无量光明，才会接纳这个深蓝色的我。

《我们这一代》中有一组照片，对象是行走在成都巷弄间的三毛，那一年是一九九〇，我尚未出生。肖全回忆自己初次见到三毛的那一刻，不禁言：当她拉开门的霎那间，所有的悲痛与苦难都写在了脸上。那是怎样一张孤绝的面孔？透过这组照片我又能看到多少？二十七年后，我来到宽窄巷子。一株枇杷树阴护住白夜酒吧的露天庭院，黄橙橙的浆果累缀于枝干上。一隅院角圈养白色的四季玫瑰与粉蔷薇。临窗而坐，见老茶馆与星巴克共存于同一条巷中，虽习见这样的不伦不类，但仍难掩胸口涌起的笑意。

怀念肖全的镜头里，酒吧女主人身穿宽大毛衣，立于一截城楼前的样子，透射出一种女性的美丽与力量。我逐一忆起那一代人，想念那个文艺复兴的时代。而三毛的幽魂却飘往了哪里？

追求性灵自由的人，他们的脸上通常会布下暗无止境的黑夜，以及破晓时的光辉。她的面孔如我幼年哼过的一首儿歌——怕黑的孩子安心睡吧，让萤火虫给你一点光。燃烧小小的身影在夜晚，为夜路的旅人照亮方向……城市的灯光明灭闪耀，还有谁会记得你燃烧光亮。

读《万水千山走过》，她讲述自己跪在莫高窟壁画前，面对遭受侵蚀的佛像，道了一句"苦海无涯"。她一生的苦难已到此为止，不再企求得到更多，自此归于圆满。或许只有敦煌，能够张开残缺的怀抱，迎纳残缺的三毛。

需埋下多少善根，才能在须臾间，即生我刹。这一生，那些我挂念的人，那些挂念我的人。我虽不妄想他们永恒，但却惧怖霎那间，他们散失无影踪。但往往就在这一须臾、一刹那，海市蜃楼亦将灰飞烟灭，连一抔黄土都未留下。

故经上云："是日已过，命亦随减，如少水鱼，斯有何乐。"然而众生但念无常，甚勿放逸。这句话终会贯穿和解释我的一生。

梵音

◇ 一 ◇

临去西安的那天下午，她用纸袋提一小盆多肉，乘地铁，几乎横跨半个北京，只为送他一盆绿植。走上天桥时，逢午后四点，阳光反射在两侧的大厦玻璃上，连并路旁两排无限延伸的金黄银杏树，像极她曾经看过的一帧电影画面。一群在偌大城市间盲目穿行的人们，即使方向一致，并列而行，却没办法靠近。即使靠近，亦无法坦诚相待。他们正是那群困居在市中无法坦诚相待的人。

国子监街内荫蔽着一带趣致廛铺。售手作日常生活用品的失物招领，木质家具的梵几，棉麻袍子的如洗。夏日行于国子监街，荣茂古槐开出莹白花串，风吹，白簌簌地落满地。然近日，此地在她心里次第芜杂。许是倦怠睹物思人，念起与他在箭厂胡同的茶寮饮茶的回忆。

平素工作生活中他的对话向来高质量和效率，却耐着性子听她絮絮叨叨，尽说些毫无意义的无聊话。他一直容忍她，观她像一头小兽般上蹿下跳，执拗多变，毫无定性。她不过是借由自己的那点灵敏，一眼就看见他内心的火焰。无外乎倚仗绮年玉貌，才这般有恃无恐。

朋友道："情爱关系的最初，双方都在伪装表演，只是目的各不相同。而你，也许大家都不会相信，你的目的至为天真可笑，你其实对此毫无期待，仅想感受一番，哪怕快乐或痛苦，酸或甜，对你皆无意义。因它们不能入你心，你喜欢的人是自己。"

在她的理性认知中，人们惯于试图压抑或挑战人性，结果自是连连败退。毕生经历的感情，有的隶属精神层面的喜爱，无法把对方与现实连接起来。对方不管变成何种模样，在你眼里依然如初见，似是故人归。而有的只能把对方藏匿在心脏的褶皱里，对方可以轻易挑起你人性中的阴暗面——嫉妒、私欲、妄念、虚怯、痛楚，甚至原则底线。哪怕一切皆不合理，仍深感自己被其左右，沉沦于幻象中，失去自我。而所谓的幻象是指，即使对方渺小如灯芯，却见他如须弥山之巍峨。即使对方仅是一滴灯油，却见他似无边大海之浩瀚。就是这等执迷，又心若寒灰。

虽然她维持若无其事的表象，身体却产生不适感，饮食堵在胃里，没办法运化吸收。飞往西安的航班上，胃遽然绞痛起来。向空姐要一杯热水来喝，一路昏睡。醒来时，已落至咸阳机场。

出租车在空旷的公路上行驶，深夜令人异常警醒。她感到一股寒意从身体内部蹿了出来。她沉默地望向被浓重雾气笼罩下的西安市，如北京一样古老的都城，保存下大部分旧城墙。今年几座古都业已走过。她喜欢这些老城，还要去探更多的老地方。

◇ 二 ◇

在诵读每一段经文时，开篇处附有如下开经偈：无上甚深微妙法，百千万劫难遭遇。我今见闻得受持，愿解如来真实义。此偈出自武后则天。一位智慧与胆识兼具的女性，在兴国治世方面的政绩可圈可点，绝不比男人逊色。然而后世的关注点多落于稗官野史上，对她缺少公正评价。往时唐土佛教盛行，深厚的佛教文化流传至今，西安境内伽蓝林立。夜晚到达的寺院位于户县，始建于东汉永平初年，名曰白马招觉院。

次早，她走到舍利佛塔前的一潭圆形放生池旁，凝望不时探出水面的锦鲤。池畔培秧大片的太阳菊，花形各异，瓣上晓露洇结。于此世界，不存在两条一模一样的鱼，或两朵一模一样的花，毫末处必有差异。她思绪发散地琢磨这些无着边际的话题，即使用力地生活，难道不是另外一种形式的虚度？

接连几日凌晨五点，法工在院中击鼓叫众人起床。梳洗完毕，做完早操，前去禅堂上座。这是她第一次正式地打坐诵经，诵至一半右腿已全麻。如果能够全心进入，将忘掉身体上的不舒适。但她却深陷心之迷雾。

诵读《普贤行愿品》，两百多人的齐声诵念，经文可直达法界。但须每一位的发愿皆至清至静，一切发愿为他人，为众生。她感到歉疚，为自己执着的贪痴。这里不是避难所，能够渡助她的唯有自己。

吃罢早饭，开始例行劳动。她穿棉靴蹲在潮湿菜地里拔雪里红，鞋面裤腿沾满滓泥。从起初的不适，到习惯了节奏后，体验到劳作的愉悦感。土地、青菜、柿树、露水、石头、阳光、空气，这些在她周身流动的物质是否真切？但无疑城市令她觉得虚幻，感到不自由。无法想象一位来自城市的女郎跶双摩洛哥凉拖踩在这样的菜洼里。女性很难轻易褪去自己的颜色，因为苍白显得可怕，做到透明则太难。

她在寺中相识一位女孩，一九八八年生人。留平头，裹灰寺服，已下定出家的决心。她有时凝睇女孩的面庞，那是一张一览无余的脸，笑起来坦诚地令她微微发怔。如何能够做到舍弃外在的修饰物，回归到最自然的生命状态？与之对比，她来寺院还携带一包彩妆，如此浓妆艳抹。

那位女孩没有恋爱过，从她的口气里听不出丝毫抱憾意。花月情爱于她无关重要，乃是大福报。

而感情于她，亦无多大的吸引力，仿佛是件必须完成的事情。她仅想弄清楚它到底是怎么一回事，也许仍是"执"。

直至一日师父与众修羯磨时，她跪于禅堂中，抑制不住地啜泣。佛堂唤醒她久违的放松且安全的感知。其实什么都不想说，唯有流泪，也不为此刻的自己，而为那些在过去曾被她有意或无意间伤害到的所有众生。仿佛一颗炽烈凡心，越疼痛，才能越强壮。她渴望释然。

"一切万物，皆是本质真心的运动现象，是假相！如水造波，迷者不识，说本同源，因执妄动，取于动相，执着人我，攀比诸相，老与少皆，生与死比，得与失比，故起烦恼波浪，心迷流转。"

发生过的一切，以为真实无可破，却与生命的本质无关联，仅仅如波浪、山、云、风、电、雪、雾、色、泡、乐、苦之类，从无到有至无，无限轮回中的现象。我们每个人都是一粒种子，最后又归于一粒种子。生长过程中的状态皆属一时。

离开的那日她决定皈依。这是没有预料过的事，既然命运让它发生，那就坦然地接受它。她愿意接纳抵达自己身边的一切，无论妍媸瑕瑜。法名里有个"梵"字，古印度语里译为"清净，寂静"。过去已死，此时才是崭新的开始。

夜晚举行的传灯法会上，她得到一盏小小的燃烛。最温暖的非太阳多余的热量，而是黑暗中的一束光。她如此想着，突然间热泪盈眶。

相感而得的解悟再一次证明，每个人都不应为小情小爱牺牲掉自己。

落 客 乡

傍晚，她与一位年轻僧人立于一座茅亭前，他手指菜畦对她言：那是秋葵、那是红薯叶、那是空心菜……她不善攀谈，如此絮聊几句，天色渐渐发暗。溪涧旁生长着丛丛芦苇，数株白杨。叶片闪灼，"哗啦啦"作响，像极十多年前坐在教室内眺见到的那片树林。

蜀道闲语

◇ 一、春分 ◇

汉砖墙边有一家设施简陋的茶摊，竹椅上摆一盆叶片细长的幽兰。老人们露天围桌而坐，喝盖碗儿粗茶，摆龙门阵，嗑葵籽，搓麻。安享余日。

傍晚，登上一截雉堞工整的城墙。凭栏眺赏，可见连片高低错落的青瓦屋舍，上面用圆竹扁筐晾晒小米椒和红萝卜干。两三只野猫步态悠容地从屋瓦上走过。辛夷点缀灰色的老城建筑，像极童年对四合院的印象。年前去逛白石故居时，京城的玉兰树光溜溜地立于院中。花开一次，便是一年。

华光楼下聚坐着一群写生少年，女孩头戴线条简洁的缎带大沿草帽。如果我混在他们身边，大概不会有人怀疑我的身份。我的脸孔天生一团憨气，仿佛一直滞留于少年。

说来我从小就跟人不亲，外表上看似柔软和善，心里却与所有人都保持着距离。习惯独来独往，没法承载丰盈的感情。出生时早产，体质虚弱，反复的生病过程中过早地意识到：有些事情只能自己承受，无人能替代你，或与你分担。小至身体病痛，大至生死。人的一生确凿是"赤条条来去"。因此倒担心起无力以等同的重量偿还他人付予的情谊。孤零在我心里从不是件苦辛的事。

只是敏感地觉察到自己已然成为一具不再分泌荷尔蒙的中性体。即使外型日渐温婉，许多人赞美道：你越发柔软起来。实则却无寸毫显弄的心情。原本脆弱的心脏，被漫长的旅行一滴滴地压干水分，缩成一颗酸涩、坚韧的乌梅。

一日，在茶舍饮正山小种。对坐的男人言："你可以走到大众面前讲述自己的故事。我在北京见到大部分的青年被生存困缚，短期内无力改变，只能被动地生活。曾以为这是种社会现状。但见到你后，忽然间发觉这其中也包含个体选择的问题。

"你应该以一种优雅无畏的姿态走出去，让更多的人看见你，目睹你的内心和美丽。你就是你，清白，柔软。不用依靠他者，身上没有受到任何人的思想与习气的浸染。你独一无二，从未背离过自己的想法准则和审美品味。这样你才能成为一个忠于自我的高贵的人。"

但我能告诉他们什么呢？

仿佛很久远的事了。十六岁那年，哥哥从歙县游玩归来，送我一本明信片。我随意翻看几张，就已心向往之。此后八年间，我总是不断地重复这处地名。或许正因为这种强烈愿力的推助，八年后，在我二十四岁时终于义无反顾地出发。这处地方就是徽州，后来又去往川北。现实终如少年时预感到的景况——成为了一位越行越远的人。

暂时脱离城市，前往一处处山水相依的村庄。那里遍布古旧的青瓦屋舍，石阶上覆满苔痕。清晨醒来，透过木花窗，可见院中各色垂英袅袅的花树。春有海棠，夏有栀子，秋有金桂，冬有腊梅。案上总会置一瓶现剪的时令鲜花。时时落雨，空气清新。醴泉自山中流出，水源澄洁。夜晚散步于江边，可观对岸山影，江中渔火，月华星空。

我在书写，边走边写，未曾停止。几乎没有人知道我去往了哪里，我正在写作——这些怀古思旧的文字仅会散发出泥土与山岭的气息，大海与天空的气息，皂角树与玫瑰的气息，飞鸟与鱼群的气息，斜风与细雨的气息……

英国诗人华兹华斯称其所处的时代为无根的，让人心焦的时代。人们沉湎于世俗，在拥有和失去间消耗着人生。于是他把目光投向大自然。

"我听见一千种混合的音调，在树林里当我躺倚着的时候，那样美好的情景里快乐的思潮竟把悲哀的思潮带上我心头。通过我的感受，大自然把人类的灵魂和她的杰作联接起来了，这使我的心灵更悲伤地想起人又是怎样对待人的。穿过樱草花丛，在那绿阴之中，长青花在编织它的花环，我坚决相信每一枝花朵都在它所呼吸的空气里尽情享受。"

他用素朴真挚的文字摹写自然风物，起初被同行轻视，嘲弄他的作诗水平连幼儿也能写出。他却不以为意，并告诉忧虑的妻子：未来人们会发现这些诗歌的价值。不久后，城市的弊端逐渐显露。生活环境被快速的工业发展污染，人心被物欲左右。人们开始向往华兹华斯诗中的大自然，因它永远平等、慷慨且不求回报。

居住在徽州时，时常一个人在村庄里散步。整条冗长迂曲的村径上不再有第二人。但我并不寂寞，因为一路上有溪流与山禽声相伴。有人将我拟为林中精灵。当我离开那些地方，那个精灵随之消失。长不大的彼得潘摒弃梦幻岛，没有其他可去的地方。这是不值得感怀的必然的事，毕竟"没有不流血的童话"。

二〇一五年的最后一夜，晚上十点，我用围巾裹住脸，独自走在没有一盏路灯的漆黑田野间，打算去村头处的小酒吧跨年。十几分钟的路途，冰冷清洁的空气灌入肺部，随时潜伏的危险使我精神亢奋，心里却无丝毫恐惧。在人造光亮将黑暗彻底驱逐的现今，我已渐渐淡忘属于夜的黑暗是什么。然而在此，我再次触及真正的黑夜，感受它厚赐的一种超现实的肌理层更为复杂广大的孤寂。人类的欲望在这种孤寂中无处遁形，直至消弭殆尽。这是一段洁白的时光，仿佛一次与四季更迭的轨迹保持一致的重生，它的确具备这样奇幻的魔力，又如花开果般寻常。

我在文字中重建一座梦幻岛，添进那些来自旧日的渐已鲜为人知的美好，用以缅怀逝去的故园。这是我的故事，也是我为之书写的唯一目的。

◇ 二、清明 ◇

早晨临时决定去滕王阁，非王勃笔下的那座。

石阶两侧开满晚樱，被炽烈的光线晒得发蔫儿，花苞愈垂。爬上一阵儿，就躲到亭下乘凉。饮些保温杯中的热水，观察反射在石砖上的碎碎树影，享受独处时的片刻清静。当一个人看遍诸多风物后，内心会发生怎样的变化……无外乎沉默，不想言。

对世事向来如此——忽尔踊跃，忽尔烦厌。二者做持久的拉锯战，反反复复，势均力敌。心情低迷时，则变得更加沉默，偶尔欲言又止时，眼泪就会由不得自己地流下来。每到这时，渴望纵容自己寻一座无人识我的山林，居住上数日。我的快乐少且浅，鲜少与人有关。

坐在滕王阁右侧的廊庑下写下这些文字，暖风吹拂起裙裾。下一站将是青城山，去看望一位在山中修习全真道的年轻女冠。她是我最后选择来蜀的关键原因。可惜春日已过，挂念送她一盆粉红山茶的心愿落空。

这几日睡在一间阁楼间内，未来得及挂窗帘。夜晚不敢开灯，才幸运地看到院中的海棠树杈投射于室内白墙、白衾被上的斑影。即使闭上眼睛，瞳孔仍能透过眼皮感触到那些忽明忽暗的光亮。某天深夜突降暴雨，雨水密密地打在瓦片上，听得也十分真切。睡不着，起床手抄兼好法师的《徒然草》，依日文原意又译为《排忧遣闷录》。法师在序言中记述："无所事事，终日面对砚石，信手写下浮动心中的琐事，想不到竟觉疯狂愚蠢。"短短四句，倒正中吾意。

异常清明的时刻，总会想起自己是外洁而内不洁，心中还有很多很多的欲望。因不知自己最后会以何种方式离开，于是现在竭力热烈地活着。在我身后，隐匿着一个无人能看到，甚或想象的时空。而她却是真正的世外人，是污浊人海中鲜有的身带清气的人。

◇ 三、小满 ◇

端午这天清晨，整条街巷间弥散着野艾清香与栀子馥香。村人采下自家院子里的栀子，用红棉线结成一捆一捆，担卖给过往的外地行人。集市上也卖手工编织的草拖、草包。价钱极廉，十元至二十元不等。我相中那小小草编的挎包，编法新颖，难得一见。摊主是位年轻男孩，见我喜欢，笑眯眯地说："我妹妹夏天也爱背这款包。"我听后一笑，回道："如果把上面的彩色条带剪掉，换成一码枯草色会更好些。"但他或许不认为那样好看。

后去嘉陵江畔观看龙舟比赛，分初赛、复赛、决赛。三组龙舟在莽莽绿水间疾驰，船头击鼓队员的打鼓声震天响。江畔挤满游人，堤上是片片开繁的蜀葵。我从江的这头走到那头，竟没寻得一处可以加塞的空隙，只好怏怏离去。

中午前去一位长辈家过节，当地人过端午必食包子。自家蒸得白面包子为豆角腊肉馅儿，还有花生肉粽，佐以白酒。饭后，坐在院中的藤椅上，与他有一搭没一搭地闲聊。身旁的贴梗海棠此时已结出枇杷大小的青色浆果，满院栀子芬芳，引来蜂蝶"嗡嗡"作响。

我絮絮道："先说说我喜欢的宋。靖康二年，南下的金兵攻陷开封，北宋灭亡。宋高宗带领臣僚亲眷，一路南逃，最后落脚于杭州，南宋时民间流传着一句谚语，叫'苏湖足，天下足'。可见南方之丰饶，远非北方能及。对于这一点，我有着非常鲜明的个人感受。

"我自小长于北方城市。习见是中关村的高厦、长安道的车流、卢沟桥下干涸的河沟。童年的生日聚会通常在麦当劳和欢乐谷度过。成长生活之单一庸常，使我直接丧失一些天然的感知力。有些南方人习熟的生活经历，我却从未体验过。譬如，'绿水青山'是哪种景象？一年中随四季流转，可以应季赏到哪些花草，食到哪些果糕？还有那些旧日诗词描写的生活细节，现在仍有吗？"

"体验过后，你学会些什么？"他问。

"在南方兜转两年后，最明显的收获是学会用一种崭新的视角观察周边世界。对城市也无之前那么烦厌。任何地方皆由对立的矛盾组成，美与丑，温柔与粗暴，有趣与乏味。鲜花既能开于城市的绿化带中，也能长于村庄的醴泉旁，重点是，如何能够发现它。通过外寻，开启内观，这大概是提升自我认知的必经路。"

没有说教之意，仅是自己的一些闲语。

◇ 四、夏至 ◇

海棠败后是山茶，山茶败后是芍药，芍药败后是蔷薇。美人沉沉，总之园子里一直有花赏。

花间堂民宿内的一座四方庭院内植老桂树一棵，极香，寻香才发现此树。行于巷间，见一户人家的三角梅探出低矮的墙头，它们甫开出紫红色的薄花。有妇人脚踩木板凳，伸直臂膀采摘枝上的鲜樱桃。我从水果商贩那里购买的值价八元一斤。路过邮局，心念临走时大概会向他寄出最后一张邮片吧。头顶的梧桐枝叶遮天蔽日，在阳光的照射下，透若青玉。

约会的那日大雨滂沱，裙摆被暴雨溅污，站在巴士总站设施粗劣、卫生不洁的洗手间内仔细地冲洗裙褶里夹裹的泥沙。脚上蹬一双蹚水用的帆布球鞋，嫌弃它不"lady"，于是另备一双芭蕾浅口平底鞋……如今回想，到底哪里来的力气促使我甘心去做这些事，智性与理性停滞不前，反透出一股蛮横、愚蠢的稚气。爱境引发的低级趣味使人警醒地反观到自己体内暗藏的欲望。

在笔记本中罗列日常经历的琐事：

"阆中三绝"其实就是一种口味极酸的汤——张飞牛肉、白糖蒸馍切丁，汤汁里再兑上保宁醋。我是怎么也喝不惯的。

广元的友人邀我攀游剑门关，李白曾在此写下《蜀道难》。

途经古蜀道上的昭化，食到江中肥鱼。夜晚步行于凹凸不平的青石板路面，巷道静谧安和，白玉兰闪出清柔光亮。民宿管家送我一本《探寻古镇》的册籍，夜深读到花蕊夫人的诗句：初离蜀道心将碎，离恨绵绵，春日如年，马上时时闻杜鹃。这些血肉鲜活的时刻，清美似信手杜撰。

离开前，要去看一看色达的红房子。它位居甘孜藏族自治州东北部，古时为羌地。二〇一二年，在国博观览过一组展出汶川灾后重建的摄影展览。一碧千里的草原上，藏族女孩的淳朴笑容，一直被储于脑海中。成年后，我独自做过许多不为人知的无用事，但恰是因为它们日复一日的累积，让我成为此时的我。与众不同也好，荒诞不经也罢。自己安心，亦已足矣……

虽男女家室为人之大伦，人们将它视为康庄道、避难所，而我，大约说出来似无稽之谈——希翼有生之年创造出从未出现的新事物。这个梦想强大到致使一些人类赖以生存的基础本能和需求都变得不那么重要。是文学、美术、音乐、舞蹈、建筑、电影等一切表达及传递美的艺术门类令我看见一个更广博的寰宇。它超脱于世俗的价值，破除盲从的常态。

《荒原狼》有如下一段文字：大部分人在学会游泳之前都不想游泳。这话听起来是否有点滑稽？当然他们不想游泳。他们是在陆地生活，不是水生动物。他们当然也不愿思考，上帝造人是叫他生活，不是叫他思考！因为，谁思考，谁把思考当作首要的大事，他固然能在思考方面有所建树，然而他却颠倒了陆地与水域的关系，所以他总有一天会被淹死。

但我依然生活在孤独带来的思考中，头脑畅游于超现实的文艺复兴的思维空间内。我愿做一位多思的灵魂者，即使它是个永远填不满的无底洞。

渔火沙汀

抵达这里的深夜就一直在落雨，湿冷雨水扑打在面颊上，包裹羽绒服的身体仍控制不住地瑟瑟发抖。路灯照亮斜倾的雨丝，鼻尖嗅到咸腥的海水气息。身后不远处的岸滩尽头就是大海。

闽南饮食除去海鲜，其他的皆可适应。连续几日，每天清晨去一家老铺吃花生汤、鲜奶包、糯米鸡。每次都能遇见同一位戴眼镜的男孩。他主动上前搭讪："你有什么行程安排吗？不如结伴坐船去鼓浪屿？"婉拒了他，我的出游向来一人，孤独已由习惯变成信仰。它于我是苦口良药。如果下次有同伴随行，倒可以品尝一下佛跳墙。

在另一家售卖珍珠的铺子里，买下一条白珍珠项链，一枚喙上嵌珠的珐琅滴釉蜂鸟胸针——用来搭配古着洋裙。

"对着大海独自一人，预备哭上七八天，这样走出了家门"，"在东海的小岛之滨，我泪流满面，在白沙滩上与螃蟹玩耍着"……这些短歌出自石川啄木，周作人译文，远行前把他的书装进行囊。

有时沿种植高大棕榈和三角梅的海岸线步行，莫名喜爱这种构成热带景致的常绿乔木。有时立于礁石上远眺，阴沉沉的海面上浮荡着几艘船只。浪花翻腾，奋力地撞击石壁，海潮声此起彼伏，飒飒作响。身旁坐一位拉二胡的面容被火灼伤的男人，弦音之凄绝，如枯木寒蝉。不知旧日爱过他的渔女是否还能辨认出现在的他。难道必然是痛苦造就了艺术，黑暗成就了光明吗？思索中静静地聆听，离开时在他面前的瓷碗里投下一点儿钱。无关"高高在上"的同情心，仅是心中涌起一丝同病相怜的感怀。我的境遇何尝不与他相仿，皆是"竹杖芒鞋任平生"的独行者。

此时停留在岭南的小渔村，穿过鱼龙混杂的古厝，步入一座佛寺观白茶花。同天往北京寄去一张印蔚蓝海洋的邮片，落笔：我很迷茫，不知前方会通向哪里。所以只能奔跑，盲掉地奔跑，这是二十六岁的我。放下笔时一股热潮倏然涌向眼眶。开始书写后，内心时常过分柔软。哪怕是些细枝末节的变化，也能明朗地感知。无故伤感的是，有谁愿与我同行，或理解我曾走过的这条空旷无声的路途。日渐发觉这种烂漫自怜的想法实在使人气昏志惰，于是着手收拾行囊，决定独自出发。但偌大尘世，又能去往哪里……

去年与友人坐在观众稀疏的影院看《长江图》，结束时几乎恹恹。最后脑海里仅显出一段诗句——我珍惜我灵魂的清澈，我忠于我不爱的自己。回望自己走过的道路，不禁惊觉它一语中的。

三日后，从高崎飞双流，降至一座地处大巴和剑门山脉与嘉陵江汇聚地的风水古镇。此地已有两千三百年的建城史，名唤"阆中"。《资治通鉴》载：阆水迂曲，经其三面，县居其中，取以名之。

传说上古时期出华胥氏，蛇身人首，具圣德。依阆中渝水之滨而居，胎孕出"人祖"伏羲，伏羲创制出先天八卦。盛行此处的"风水宝地"之说，源于其选址格局与古时风水要诀相吻。因富知识趣味，故记录于下。"背负龙脉镇山为屏，左右砂山秀色可餐。前置朝案拱卫相对，曲水冠带怀抱多情。明堂宽大形如龟盖，天心十道穴位均衡。气脉水口关锁周密，南向而立富贵大吉。"

这里一家一户一营生。有买卖陈醋牛肉的，绣履草拖的，榨油酿酒的。也有剃头泡脚的，制衣编竹的，修鞋算命的。诸行百户，各有规格，数条长街蒸腾起仿若民国的古旧气息。住在一座凝聚三百多年历史的老宅，石臼内饲锦鲤，陶罐里种肥美红山茶。它的前身为清初一位胡姓新安贾人在此建造的钱庄。不管行至哪里，与徽州的缘分，辄是藕断丝连。

惊蛰这日，上山去采鱼腥草，四川土语叫侧耳根或猪鼻孔。凉拌食用，辣而爽口。雨后，贴梗海棠的花瓣打落满地，宅子里的嬢嬢（四川方言，意为阿姨）清扫完，又忙碌着去移栽杜鹃花，她劳作的身影显得异常温婉。我立于一旁食血橙，口感与其他橙子的品种似乎并无二样。逛跳蚤铺子，相中一只幼童佩戴的老银细镯，镯上坠两只作响的小铃铛。打一圈肥皂，顺利套于腕处。但一回城市，我又开始戴那只Tiffany ＆ Co银镯，完全是一种虚荣、表现的心态。

有人说我愈来愈旧，疏野的性子更不宜室宜家。懒于解释，心中知晓自己业已尝过诸多世事的味道。世上太多渴盼"宜室宜家"的女性，少我一位，应不为过吧。

夜与昼时的嘉陵江。

怀乡

　　我保留着一张霉点斑斑的黑白胶片旧照。那年外公四十多岁，穿一身挺括中山装，身姿卓立地站在黄鹤楼前留影纪念。他目视前方，眸中尚有华光，仿若能眺见若干孤帆消失于碧波江水的尽头。这次回去，他打开房门的一瞬，我原以为可以看见一张充满喜悦的面庞，但没有，他把本该注视我的目光搁置在一旁，面容萧索，从里向外弥漫出丝丝衰朽的气息。

　　坐在沙发上，我神色逡巡地细细观察他的脸——苍黄的面孔上布满黑褐色的老年斑，双眼浮肿，眼球发散变淡，最外圈泛起一层蓝光。原以为习见这双眼睛的漫漶不清，心中应该早无悲意。

　　望着他腿脚蹒跚地走进厨房给我做蛋炒饭，握起锅柄的右手抖个不停。各种情绪忽而涌上心头，在胸腔内翻涌搅拌。我慌乱地转过身去，压制住抽泣，抹掉眼泪，若无其事地回到他身侧，其实那一刻我渴望逃离。

　　疾病和衰老已消磨掉他脸上的喜悦。他把自己困居在家里，哪儿也不去。偶尔天晴时，会搬个小板凳坐在楼下晒太阳。或与其他老人下棋聊天，聊的也是家中的琐事。他跟我絮叨的亦是这些事，因担心儿孙而夜晚难眠。我没有安慰他，静静地倾听。劝慰无用，这是他全部的精神世界。他宁愿像蜗牛一样背负着家族的外壳爬行至生命的尽头，也退居不了小我的状态。生命的真相他也许一辈子都无法洞明，又有何关系，我不愿他再历经任何磨难获得超脱，余下的时光，他只要健康、快乐就好。

但十年前不行，少年的我不能原谅他人性中狭隘的层面。他热衷世俗，又爱极脸面，一生被虚荣心左右，从未改变。我因失望开始有意地回避他，上街时他要拉我的手，被我摆脱，他敏感地察觉到，以后再未做过。但若家里蒸了我喜欢的鸡蛋白菜粉丝馅儿的素包子，他却依然热络地喊我过来吃。哪怕时至今日，他腿脚不便，仍会下楼给我买酒酿汤圆。"多吃一点，想吃什么就说。"唯有这句话，他真切平实地唠叨了许多年。

外公从小对我的疼爱超出他所有的孩子，这种宠溺臻于一种剥削。因成长于一个长辈们耗尽心力营建的单纯环境中，以至即便成年，许多行为仍如孩童般天马行空。我是这样一个人，别尔嘉耶夫在《自我认知》里细致解剖自己地描述过这类人。"在社会中，在与人们的交往中感受最深的，就是孤独。他们防御着世界，维护着自己的自由，所以他们对追求伟大和荣誉、力量和胜利这一套感到陌生。"大学毕业时，不愿规规矩矩地进入医院工作，扬言要去大理种玫瑰。他忧心不已，喃喃道："那我陪你去，租间房子，至少我还可以照顾你。"一滴浊泪从他的眼角滑落。

如今的我已走过一段很长的道路。也许记忆深处，还在幼时，外公家尚在淮河边上的一个僻静乡村，我去那里过暑假。新海诚电影里有一段独白——你曾经是一位无论做什么，无论看什么，都兴高采烈的小女孩。跑步、吃饭、说话、唱歌，这一切的一切都充满喜悦。

曾在槐树夹道的田间小路上采摘槐花，头顶佩戴野藤蔓编制的花环，清河边捡拾田螺和贝壳。这些上天厚赐的山野经历，而今细想，心中总郁结着几句难言的歉意。记得院里有棵梧桐，其中一条枝干横长出来，被哥哥们绑上麻绳荡秋千。外公为了锻炼我的胆量，托举起我，让我把双手抓住枝干，我听话照做，他却逗我道："我可要松手了。"虽心知他不会，但仍害怕地放声尖叫，现在似乎仍能听到回绕在耳畔的朗朗笑声。

有一年家里的哥哥结婚，婚宴过后一家老小去地里上坟。三座坟茔出现在田埂边，坟头上覆满杂草，周围立着数棵槐树。焚烧冥币的当口，外公突然"扑通"一声跪在地上，放声啜泣。大家都被他突如其来的举动震慑到，沉默着立于周旁，无人上前搀扶。那是我第一次见到他软弱无助的样子，惊诧远大于悲伤。那时，我对离别、衰老、死亡没有太多深刻的感受，认为它们宽泛而遥远，未尝过它们蔓生而出的触角里暗藏的毒汁。但那时，它们的触角已紧固地包裹住外公，他感受到了痛，他痛而无助，没有人能够理解和救赎他。唯有在亡故的父母的坟前，他得以卸下一切伪装，像个孩子那样痛哭流涕。尔后他抹干眼泪，站起身，依然闷头走着脚下的路。一晃儿又过去了若干年。

为何要难过落泪？

因我参与着他的现在，亦知晓他的未来，而我却始终无法与他同行。一代又一代的人自行其是，互不相干，没有体贴跟宽慰。成年后，我心中不再有无忧的喜悦，因目睹过命运的阴影一如乌鸦的羽翼在头顶扇动掠过的姿态。我的亲人们被其所伤所累，他们在竭力反抗后，选择视若无睹的忍耐，于持续的阵痛中变得麻痹放任，以为那种痛感才是正常。在命运逐渐吞噬他们之后，我一眼便看出他们的颓败，就像外公浑浊的眼眸。曾梦见过他的死，那是内心深处一直潜伏的恐惧，个中滋味不愿再多言。

次日，车子行驶在去往淮南的公路上，哥哥向我解释此地因挖煤过度，地表塌陷形成面积庞大的湖泊。外公在后座接话：过去这一带全是矿场，村里的年轻人都在里面做事……他如今时常提及的都是过去的事，时间范围大都处于他的青壮年时期。似乎衰老以后的记忆，他都有意地选择忽略和忘记，可能是觉得那已不再是真正的自己。

五十年的时光，让山丘变成湖泊。若向远古追溯，森林形成矿藏，又需数百万或上亿年的光阴。时间之浩瀚，人类无所能及。最后手心里剩下的仅是那一点点微弱易灭的牵惹爱的回忆。

邮片

《走出非洲》的书页中夹着三张邮片。

一张封面是秦淮河，背后的字迹纤细拙朴，露出孩子气——傍晚，独自一人行至夫子庙。景致喧闹，人烟稠密，感觉索然。走进一条乌衣巷，在售卖旅游纪念品的商店内看见各型各色的雨花石。小时候外婆来南京旅游，带回很多雨花石分给家里的小朋友。我分得一块，后来玩闹时丢失了。走出商店，观望这条阴凉幽巷，脑海中萦绕着一首记载它的旧诗，如今物与人皆非。幼年背诗囫囵吞枣，苦恼于不明其意。妈妈解释道：不急，等你长大，自然就明白了。此时夜幕降临，河畔游船上的红灯笼逐一亮起。心中藏着一个天真的愿望：与人结伴同游夜船，徜徉于影影绰绰的秦淮。却仍孑然吃一盅紫砂锅炖梨，见岸旁的红色花树愈发浓郁。

一张龙门石窟的票根——天儿些许阴，特意穿了条印花丝绸连衣裙。逛遍伊河北面的诸佛洞，见到那座盛名在外的大卢舍那像龛。随后穿过漫水桥，掠去东山石窟、香山寺，来到白乐天的墓园。琵琶家四周草木青青，想他一生蹉跎，死后终归黄土。"诸行无常，诸漏皆苦，诸法无我，涅槃寂静"。一生微妙易变，苦是常态，快乐短暂微薄。唯深情不执着，任风动、水流、幡飞，或许才能重获心灵的自由与解脱。

最后一张是秦兵马俑——晚上在市区内的一座寺院吃素斋。寺内无路灯，清清冷冷，就餐的楼舍内部装修素朴实用，几位戴白帽的服务人员等候在大厅，年龄基本上都在四十多岁左右。发现长期在寺院内工作的人，面容都会越来越宁和。一桌素食出乎意料地新鲜美味，特别喜欢最后上的榴莲酥，一口气吃掉三个。饭后驱车前往户县，坐在后车座上望向外面的夜景，一些晦涩的情绪突然间又冒出头来，缓慢地在胸口发酵。我时而坚定，时而虚弱，时而勇敢，时而消极，时而任性，时而节制。一个复杂又单纯的灵魂，不知十年后会是什么样。

在碧山时，清早步行去书局，那里有一只绿邮筒，是村子里唯一可以邮寄的地方。上一任店长是我在此处结识的好友，早我几个月离开。返回南京后，管理先锋书局的颐和分店。断定对方是不是同类人，也许仅在打个照面的瞬间。她曾采下沿途的鲜桑葚和蔷薇送给我，这是目前收到过的最美好的礼物。

从书局返回时，天空落起朦朦细雨，跑到附近的小餐馆借了把雨伞，走在村间的小路上，心头升腾起"不知今夕是何年"的时空错乱感。但我还是义无反顾地来了。若年轻时都惧怖不能前，那么余生将再无力达成。

"我在非洲曾经有一个农场，种咖啡豆，给黑人小孩治病。我在非洲遇到了为自由奋不顾身的情人，热爱动物胜于人，折桂而来，情迷而往。我在非洲曾写过一首歌，那里有已逝的热土，那里有纯洁的朝露。我总是两手空空，因为我触摸过所有。我总是一再启程，因为哪里都陋于非洲。"这是《走出非洲》1985年电影版的开头，我几乎可以直接背诵，被字里行间弥漫出的美妙和轻淡感伤久久打动。

作者在书籍出版后，再也没有回去过。

如果我的心底也有一处这样的地方，它只可能是徽州。

泉城

四月徽州，傍晚，她与一位年轻僧人立在一座茅亭前，他手指菜畦对她言：那是秋葵、那是红薯叶、那是空心菜……她不善攀谈，如此絮聊几句，天色渐渐发暗。溪涧旁生长着丛丛芦苇，数株白杨。日影夕照，叶片闪灼，"哗哗"作响，像极十多年前坐在教室内眺见到的那片树林。

吃完素斋，脱掉鞋子，她与几位居士登上二楼的小禅房打坐。他们诵经，她透过四周环面的玻璃窗望向院中。一派春日野趣，仿佛一夜间降至人间。在每一瞬极静的时刻，岁月悠长的感受都会越发明显。但她的脸已非十年前的脸，如今唇色似海棠。若心无挂念，几十年的日子会过得轻易些。可我们却不甘孤寂，不甘放弃生而为人的那点盲目去爱的权利。

夜深，前往梓路寺。寺内无灯，周遭的溪水声叮咚入耳。钟楼上，僧人一边撞钟一边口诵经文。她立于一旁，摄耳谛听，脚底感应到声波传递出的震动。不远处散发出霓虹彩光的地方，飘来《宏村阿菊》喧哗鼎沸的演出声。而此处，月夜清音，却是另一番天地。她回味这样的时刻，仿佛可以荡涤掉身心上粘附的污秽，变得清洁。哪怕心里了然这仍是无用的慰藉。

藏书室内，僧人赠予她一本星云法师撰写的佛陀传记。她读过《悉达多》，有一部分关于灵性的教育，通过黑塞的文字获得启蒙。他道："你有一颗清静心。"她听后不禁悲喜参半。不仅他一人，许多人言，你看起来有股清静之态。世上大抵只有一人说她没有，那是她隐秘的情人。

旧日的她骑鹿独行，饮孤独为甘露。但心底却一直明净自处地等待一位体面人。他应面朝曙光，通彻真理，时间于他并非侵蚀剂，而是一把利刃，将他雕琢成一块纹样朴素但质地剔透的白玉，看似清淡，却能吸收周围的浩然能量，尔后慷慨地折射出去。即使他年华不再，由盛转衰，却仍如愈久愈醇的琼浆。

十五年前，他静立于黑色人群中，是唯一穿白衬衣发出光亮的年轻男人。而十五年前的她，尚是一个青涩女童，甫入这座北国城市。那是千禧年的夏天。这些年，他们也许曾前后脚的走过同一座天桥，看过同一道霞光，品过同一种美食，闻过同一朵花香……命运的平行与交错如斯摆弄着每一位人。

他的妥当节制、理性周全，使她倾慕。仿佛在他面前，说什么做什么都不会感到羞耻。于是她像一位被宠坏的哥特少女，脑袋里琢磨起各种坏主意，去挑衅他的心理极限，仿佛拥有无上趣味。这种索取行径几近玩劣。

残冬的最后一夜，她独自去泉城看趵突泉。古诗文中的泉城令她向往，那是"四面荷花三面柳，一城山色半城湖"，听起来俨然别致。高铁在广袤的华北平原上疾驰，疏枝树林，结冰的湖泊不时从窗外闪过。她记忆中的冬日，老北京的什刹海上总是人满为患。不畏冷的年轻人几圈溜冰下来，热得满头大汗，需吃一根马迭尔雪糕来降温。但泉城的冬天则显得异常温存。无风，泉涌，水流聚在一起汇向大明湖。

入夜前，她走进园中。满园的花灯瞬间亮起，灯火与湖水交相辉映，浮光摇影间，想起从古籍上读到的一个荣华动人的夜晚。贪玩的少女在上元节的灯会上，与一位风采俊逸的男人不期而遇。只是"今夕何夕，见此邂逅。子兮子兮，如此邂逅何？"没有对话，二人自此擦肩而过。缘多分少，这是世间惯常上演的别离。

伴随幽冷梅香，她在人群中毫无目的地穿行。行至一排曲折回廊下，廊中吊挂白底红牡丹花案灯笼，一只只整饬地延伸而去，消弭于暗夜的尽头。是在同样的灯夜吧，没有期待的她，却抬头看见他的脸。从此，她变成湿漉漉的黄梅天。

立春清晨，她用围巾裹住头，环绕垂柳依依的大明湖步行。湖上游船点点，枯萎的干莲蓬高擎于岸旁。与南京城中的玄武湖倒有几分神似。登上一座钟亭，见圆柱上一副楹联写道——金钟鸣处蛙声静，碧月升时客梦清。字句对仗间是很人世的调和，与那夜在寺中的感受截然不同。新年撞钟祈福为泉城自古流传下的一项民俗，而她没什么可禀祷。

去年，她一直在路途上辗转。拖拽一只黑色行李箱，乘坐不同的交通工具，从北到南，由南至北，一路周而复始。成长令她对未来不再生有任何期许，世事无常，风云变动随时随地地发生。唯关注当下，哪怕是些"夜送来流萤，风抵达青丘"的无用微事。

坐在湖边的亭下，饮一碗热乎的藕粉茶。店里售卖各种用荷做食材的小吃，如莲藕水饺、荷叶馄饨、荷花茶之类，品种丰富。当地人也敬荷，专门建造一座"藕神祠"，堂内供奉的塑像为一尊面容安详的神女。

她偶尔会揣度，如果自己不以一颗世俗心记挂他，也许他们可以继续平淡理智地相处下去。也许她可以用十年、二十年，甚至更久的时间想念他的温和，而非被现实残酷地打破。她是渴望爱，还是通过爱的方式去对抗那个软弱的自己，抑或这个荒诞尘寰？

在她的体内匿藏一位个性阴暗的女童，小姑娘住在彼岸花漫地的庭院里，养一只叫声细碎的黑乌鸦。留乌亮姬发式，穿芍药纹案刺绣纱衣，双目间反射出蔷薇色的眸光。性情阴晴不定，过分贪恋温暖与甜蜜，因无法餍足，萌生起邪恶的破坏欲。她洞悉自己的噬欲心，感到疼痛如吞下烧红的煤。花神诫告她："如果你想获得关爱，需先学会付出。余下的得到与失去，皆由因缘相牵绊。"

女童最后同意让步，与成年的她和解。她也逐步学会用远行、阅读、书写的方式让自己的身心达到一种中正冲淡的状态。曾以为的声势浩荡，最后沦为掷地无声。

一个小时后，她的步行接近尾声。沿途折下一根腊梅枝，插进印花布兜中。追思起彼此并肩走过的幽庭，几杆细竹随风晃曳。李清照的故居内亦千竹环合，君子自古与竹交。

他本是人潮中弥散出柠檬薄荷味儿的清凉男人，她是位披一件成人外衣的女童。他尚有难言之隐，她将再一次去往远方。谓之"万般世事，皆成蹉跎"。他们之间的关系约摸不是爱，仅是一种靠近，是茫茫天地间抱团取暖的孤独客。但她敢于直言地道出这一切，耗尽气力，大抵还是源于另一种爱吧。在这段感情里，她臣服于人性，冷眼目睹自己如何被它蛊惑撕扯，懵懂的女性意识被爱境唤醒，感察到自己寄居的躯壳原是具女体。于是她用整个身心思慕着他，做他招揽雨露的女孩，给他洁白的情感。（无所谓他是谁，他仅是其中一位引导者，将来还会遇见很多很多）

但真实的景况是他们除去拥抱，什么都没有发生。仿佛月照万川，仅是缈缈幻境。她悲观敏感，远行写作。在老式观念里，从来就不是那种四平八稳的女孩。他识别出她用来伪装真实自我的"危险"。爱境最终没能摧毁他的自私和她的洁白，他们曾用身体里分裂出的另一个自己，与之相交相知，在另一座灯影绰绰的亭台。

先前儿约定结伴去莫高窟看壁画。诺不轻许，她会继续完成这趟旅行。该说的话已道尽，确凿或虚假，就让那些愿意相信的人去应验吧。需不断地做练习方能明白，舍弃那些不能带来触动与养分的情感的重要性。

回程的高铁上，她遥看原上灯火，宛若天阙。

爱君貌

她们从不过度关注自己，对尘世没有占有心，因此不用摆露柔佞的姿态。只觉自身的存在，如山川、草木、日月、江河、星辰等一应有形物，遵照着自然地秩序生发，并非独特而唯一。仿佛自己的身体，是天地之委形也。那么拥有与失去，快乐与伤感，记得与遗忘，留下与离开都变得不再重要了。

摩登

◇ 一 ◇

她时而妖冶，长发檀唇，穿闪烁瑰丽色彩的Mariano Fortuny[1]古董褶皱礼服裙和Manolo Blahnik[2]细高跟鞋。时而中性，短发淡妆，简简单单地穿件白棉恤，搭配Kenzo[3]灰色法兰绒长裤。当之无

1　西班牙著名高级定制设计师，发明了褶皱面料，被誉为褶皱鼻祖。——编者注

2　马诺洛品牌，高跟鞋中的贵族。——编者注

3　法国服装品牌。——编者

愧的时尚icon，审美品位一流。热爱收藏古董、艺术品，家中摆放贾珂梅蒂设计制作的花瓶，独自设计珠宝首饰，将木块、真竹、织物、水晶石块等天然物和重金属混合设计制作出外形前卫的饰品。我把它们写进小说，成为文中女性角色身上穿戴的物品，以此来表现她们"落在哪里，就在哪里绽放"的倔强性格。

天娜是日美混血儿。少女时因独特美艳的颜貌及身段，为资生堂做模特。上个世纪七十年代去美发展，相识高级中餐厅"周氏菜馆"的老板周英华，结婚生子，借此平台进入上流圈。漂亮女人凭靠得天独厚的硬件条件换取个人价值的最大化，自古以来比比皆是。这其实倒无妨。如果她没被发现，淹没于芸芸众生中，当是暴殄天物。但因婚后各层面的不可调和，天娜和周最后仍以离婚收场。

八十年代，欧美艺术名流界出现涉面庞大的艾滋病毒感染事件。一九八九年，她不幸成为其中的受害者。"我的一生没有乱交，对感情认真，和自己有过关系的男人也就这么几个，却落得这样的结局。"她成为首位对外宣布自己罹患艾滋病的公众女性，并拒绝西医治疗。最后的生命时光是把财产珠宝变卖分赠给亲友，整理出收藏的百余件古董衣物赠送给纽约服装学院，其后周游各国。可谓"干净地来，干净地去"。

她的一生灿若烟花，明亮堪比星辰。平生从未委屈过自己，也无任何把柄留给世人嚼舌根儿。人们只会记住她是一位人间不可多得的绝代佳人。转念一想，感慨这未尝不是个好结局。

高级的美都自带一股清冷气场，懂得从繁复中做减法，不多拿不适合自己的一分一毫。同时清楚自己何时气数将尽，如何优雅离场。摩登的人生态度是"半生风华绝代，半生清净自在"。这样的美人，才会让爱慕者们永远挂念。

◇ 二 ◇

提到简铂金，我过分喜欢她臂上的那只藤编菜篮。

她生于一个英国贵族家庭，自小受身为舞台剧演员的母亲的影响，少女时开始演出戏剧。头次婚姻失败后，于一九六九年前往法国，与兼具音乐人、诗人、浪子、酒鬼等多重身份的甘斯布相遇。金风玉露一起共度十八年，生有一女，却始终未婚，最后仍无疾而终。甘斯布发掘出简身上的音乐才华，亲自操刀她的专辑。不论旋曲，亦或歌词，今日听来依然前卫。

简的一生，三个有名的男人，又分别为其生了三个女孩子。家庭生活曝光于镜头下，其中难免包含作秀的成分。她的生命时光消耗在爱境与亲情中，年轻时几乎没有独处的时段。这可能也是大多数女人的愿望。但我不认为这值得被艳羡，不知其他人可有这种想法。当然，这大抵是我殊不可爱处。

简的形貌不够美艳，做不成大美女。退而求其次，在时尚领域倒颇有鲜明形象和态度。着装风格几十年如一日，那种不过度修饰的随意感甚合我意。法式风情的标志刘海，散乱长发，只在唇上搽抹朱红口红就能出门上街。鲜有名品傍身，大牌堆砌。惯常裸胸穿松垮垮的白棉恤、白衬衫配丹宁阔腿裤，小牛皮短靴，臂上挽一只藤编菜篮，洋溢着嬉皮士风的随性少女感。衣物的质地天然上乘，却看不出来自哪个品牌，方是高级的穿衣法则。

每次在街上看到画艳妆，染各色头发，穿化纤材质衣服，背聚氨酯材料金属包的年轻姑娘时，皆会忖度：该如何培养"好品味"？我的观点是去看艺术品，多涉猎与艺术有关的知识和讯息。这与我们出身于哪种家庭环境或从事何种工作并无冲突。培养品味不应存在阶级意识和身份焦虑，每个人都有受享美的权利。

夏日午后，去逛前门附近的杨梅竹斜街。路遇一位满头红发的白人女孩，面部皮肤被炽烈的阳光晒得发红过敏，她靠在墙边用手挠痒。红发白人比一般白人的肤质愈敏感，即使那头红发当真美丽，似林中仙子。我看了她一眼，便转进巷内。"Triple-Major"药店里看到一家德国品牌的纽扣胸针，喜它富有童趣的设计。热衷穿街走巷的探寻一些销售独立设计产品的铺子，衣鞋帽包基本能打发。

现如今，我倾慕那种素脸，仅搽口红的伊人，对方必然有一身细白的天然肌。当然，更甚者，若唇不点而红，那会令旁观人更加动容。需承认一点，美境对我的影响远超爱境。

◇ 三 ◇

她留给世间的唯有空灵古典力透纸背的只言片语：我的灵魂在神山圣山，只有山水，才能吸出我的魂。一生，只是寻找灵魂之旅。

每座山里，都有我九死不悔的空灵。有时我感觉自己就像李贺，背一古破锦囊，遇有妙语，写下投入囊中。哪怕一句，一生就没白活。灵感来了，我看看天，对天说声，谢谢。前世是诗人，在大风里吟啸而过。今生今世，幸亏有了诗，人的高贵在于灵魂。

慢慢集齐她散落于人间的所有作品——《黑色唱片》《空中走廊》《八千吨情感》《独身女人的台阶》《我把你放在玫瑰床上》《在你人生最美的时刻》《空山灵雨——竺子与33座名山的对话》。如荒海拾珠。这些文字大量创作于上个世纪九十年代，出版后迅速跃进畅销书行列。沉迷于旧日年代，用复古的情怀写作和生活。书写内容及表达方式的独特超前与同时代的文学作品格格不入。人们尚不具备能力去理解，因此被搁置遗忘。一流的事物向来不求和人产生共鸣或流传后世，只要有人的参与就会发生变质。

世人追逐的一切于她，比不上圣贤之道，日月山川。一生所求仅为获得灵魂的解脱。背一卷《徐霞客游记》，披星戴月，游历人间。

在山中设圣人堂，亲圣贤，读古书，在他们的塑像前供香。逢节奉上一盆君子兰，拨一夜筝，感谢他们教会自己——如何在欲望污浊中退却，过洁白朴素的生活，化火焰为红莲。

即使红尘绿世，失望与冷漠并存。仍有一位风骨峻嶒的红妆，循着先哲们的足迹，去寻觅灵魂、真理和抵御浊气的浩然之气，乃令如我这般的迷茫者心生感激。

身边有一些女友热爱山川胜于人。凛冬，可在山中围炉烹茶，或温饮一杯花酿酒。把绿萼梅浸泡在盛着洁净雪水的缸中自然发酵，次年改换山泉水。待开坛时，酒香阵阵，夹带清淡梅花香。大山的慷慨馈赠使人们一年四季都有酒喝——春饮桃樱、夏饮玫瑰、秋饮桂花、冬饮雪梅。微醺间感受物我两忘之境。

写者需具备实验性人格，其次是保持好奇、格局广、少刻奇、清醒、开放、创新，文字方能从纸页中透出力度来。写作的确是需要不断精进的心灵修行。

云裳

多年前，路过南锣鼓巷内的一家橱窗，目光被一条缎面连衣裙吸引。裙面上印染不同外形及颜色的茶壶，面料印花充满复古的童趣。设计师毕业于中央圣马丁艺术学院，二十四岁时创立自己的服装品牌。后在西单老佛爷百货买过一件该品牌的裙子，送予自己做生日礼物。对华丽精美的连衣裙始终缺乏抵抗力，在经济条件允许的范围内，都会满足自己。

一个女孩谈起母亲对她的诚告：女性的美，除自身先天条件之外，还有两样东西能使她们在人潮中迅速发光。一样为口红，一样为连衣裙。她的母亲从事艺术教育工作，专注修养打扮，是一位传统意义上的淑女。自小受母亲熏陶，成年后的她审美趋向端丽的复古。相片里的她，身穿YSL[4]蒙德里安裙，半跟黑皮鞋，搭配御木本白珍珠项链。母亲把一个真实的一九六〇年代赠予了她。一九六〇，即她心中的黄金时代。

"风琴褶加在腰部、喇叭摺加在裙摆上，滚边强调在接缝处……"这一段读起来令人着迷的十九世纪服饰描写出自塔莎。若与塔莎生活在一起，应该不会感到生活的乏味。她勤劳能干，又极富创意。为了给孙儿们做件亚麻衬衫，就花上大半年时间。她的生活乐趣充溢在亲自种植、收割、染色、织布的劳作过程中。甚至为拥有一件舒适保暖的羊毛披肩，专门在田野上饲养几只小羊羔。

在她的抽屉内叠满各种款式的蕾丝衣物。十八岁时得到一枚雕刻名字首字母的黄金顶针，有助于缝绣出各类繁杂的复古蕾丝刺绣图案。关于服装，她对一八三〇年代有种似曾相识的亲切感。一八三〇年代的欧洲女性日常着装是合身的束身胸衣和长裙，她们从不穿长裤。

塔莎难以接受当代时尚，认为长裤只与绅士匹配。受邀来柯基小屋参加谷仓舞会的女人们，一定要穿上适宜的正装蓬裙，方能散发出优雅得体的仪式感。

谈论东方仪式感，难忽略《良友画报》上那些烫爱司头，细长黛眉飞入鬓间的闺秀名媛。旧日旗袍在纹样上与日本后期的浮世绘颇有

---

4 圣罗兰，一个美妆品牌。——编者注

几分相同之处，高饱和度的色彩与婉约的线条交织辉映，各种奇花、异草、仙禽的浮纹于织锦旗袍上此起彼伏地荡漾，那是个把画卷穿在身上的时代。

新电影时期进入五十年代出现过一位独身闯荡好莱坞的华裔女演员，名叫关施男。她扮演的苏丝黄，成为西方男士眼中东方女人的代名词。《苏丝黄的世界》，她是青春少女。肩头披散蓬松乌发，有娇美的脸蛋、丰腴的身段。在游轮上搭讪洋人，隐瞒自己是位风尘女的真实身份，但身上不停更换的各款软缎旗袍却透露出她的野心。这些旗袍长度极短，未过膝，高开叉至大腿根。颜色皆为高调显弄的色彩，使她散逸出调皮的挑动性。这种融进西洋审美的旗袍已跟传统的中式旗袍大相径庭。个人偏爱款式清简的素纹旗袍，不过对旗袍实在无感。但若去前门，一定会去大栅栏巷内的"瑞蚨祥"老店转上一圈，仅为看一眼柜台上铺放的静美布帛。

因心中缠绕的古典情结，精神层面最着迷的依然是vintage[5]——陈旧、二手、古董的。两年前专门跑去"尤伦斯"看Dior[6]艺术展，依然更钟爱昔时经典的服饰设计。但日常生活中，常按照艺术作品里的色系择选颜色，倾向接近皮肤和土地的低饱和色。衣服需修身合体，轻柔地勾勒出苗条身段，才能衬得人清爽温柔。夏日，抹胸衫、一字领露肩上衣、半身长裙、洋装连衣裙可更替着穿。天转凉，可换为拉

5 复古。——编者注

6 迪奥。——编者注

夫领衫、羊绒大衣、小香风套装，下身为针织裙、白蕾丝吊袜及玛丽珍皮鞋，将之随性搭配在一起，上身效果既舒适又有点怀旧的复古意味，扮相似古典舞者。包和首饰若能从母亲或祖母那里继承Chanel[7]、Dior、YSL三家品牌的旧式样老物，再完美不过。新的没有光阴质感。

向来对衣物质地的追求超过其款式。若从成年起，每年购置一件高品质的好衣服，多年下来，也会有个不错的衣橱。对于女人而言，她会选择一件何种质量的衣服，就已彰显出她的审美品位、格局观，甚至是感情观。要么优雅，要么平俗，美丽从无中间地带。在穿衣方面，毫无做文青的基础修养，忌讳繁缛和宽松款。

别过多流露自己的所思所想，一如出门前，必要搽好口红。维持神秘感的背后是为了尽可能体面地生活。请自律，对皮肤、牙齿、头发加强管理，保持苗条。成为造物主倾心雕琢的艺术品。

---

7 香奈儿。——编者注

珍珠耳环

把她遗下的一枚肉粉色珍珠耳钉放在掌心，想起那幅维米尔于1665年创作的油画。直至二十世纪，作家特雷西·雪弗兰从中获得灵感，写下同名小说《戴珍珠耳环的少女》。审美的高境界，应能激发人的想象力。

八月的一日午后，见木门外是她。飘落的樟叶触到头发，略微吃了一惊。

大约四年前，浏览微博时无意间发现她。对她最初的印象被固化在关注她的第一晚，一位深夜去巷间打酒，独饮、写字、作诗的白衣姑娘。那时她还未在豆瓣走红，微博下的评论不多。比较怀念那个时候的新媒体平台，人与人之间的关系显得平等而真诚。

她穿一件合体的无袖盘扣橘红短旗袍，用银簪虚笼地别住长发，背一只山本耀司黑布兜。骨骼纤细，面庞小而白，仿佛一朵黑夜中暗吐幽香的白润栀子。

去年的圣·塞巴斯蒂安国际电影节，她以一身中式白衣，胸前搭垂一条乌黑粗辫的形象示人，恰到好处的东方元素被她诠释得极为妥帖。真正的胸有成竹，无需刻意发力，仿佛信手捏来。参展的影片《向北方》，预告片快速铺展出漫长寒冷的冬天，亲情疏离的家庭，一位在世间无可依靠，身患绝症的少女独自面对寥寥无几的最后时光……

这是她离电影最近的角色，应该也是她心中认定的最好角色。因为钟爱，拍摄期间每天凌晨三点起床阅读，强化自己陷入到角色所需的情绪中。

韩国电影《小姐》改编自英国BBC迷你剧《指匠情挑》，原著作者及编剧萨拉·沃特斯是位进入主流文化的英国女作家，作品屡被改编，搬上电视电影屏幕。虽然她书写的对象无一不是人们日常观念中属于阴影的那一面。维多利亚时代雾霾弥漫的伦敦街头，哥特建筑，穿鲸骨蓬裙的英伦女子，同性之间的爱恨纠缠，断头台，阴谋与背叛。但她认为，悲剧更能强烈地表现出内心的情感，成为促使情感喷涌的催化剂。

悲剧性人物皆如一块陨石冲破大气层，掉入深海，即使表面上已风平浪静，内里却仍暗潮涌动。而最深的悲伤，是哀极了殊无悲意。如果从没体验过，也未必就是幸运。

但人的麻木在于，当年岁渐长，了然一些世间真相，内心的触动会越来越微弱。于是我们只能一再出发，一再去爱。又一再失望，一再蹉跎。

美丽的人，接近她们的陌生者大多携带猎奇心，对除皮囊以外的组成缺乏兴趣。但我从第一眼看见她，就已洞明她是那种可以出现在我的故事里的女孩。这是她带来的某种微妙的触动。

故事里的女孩，她们的脸上糅合了孩童的稚气和女性的清美，面色如雪，散布零星雀斑、黑痣，笑容却如白山茶一样清洁明亮。她们喜欢用古着连衣裙掩住绿竹般清瘦的身形。她们热爱山林，一切天然朴素的事物。愿与独角兽为朋，金色的麋鹿为友。她们会把鞋子绑起挂在脖颈，赤脚在大地上奔跑。偶尔她们会选择在一个大风呼啸的夜晚冒雪而来，又一声不响地消弭于夏日的夜。她们似乎可以无限靠近，却又遥远至无法企及。

她们从不过度关注自己，对尘世没有占有心，因此不用摆露柔佞的姿态。只觉自身的存在，如山川、草木、日月、江河、星辰等一应有形物，遵照着自然地秩序生发，并非独特而唯一。仿佛自己的身体，是天地之委形也。那么拥有与失去，快乐与伤感，记得与遗忘，留下与离开都变得不再重要了。

把那枚珍珠耳钉寄去横店。她在那里工作一整年，闲暇时用相机拍摄周遭景物，画面构图顶风格化。一位对生命过程饱含情意的人，无论走到哪里，都不会停止记录和思考。他们会以自己的方式，完成生命的丰盛。偶尔夹杂零散的文字记录，她如是写道：

"深夜，车子一直往海的方向开。日出了，树一棵棵往后飞去，把粉色的天空分割成一片片，像打碎了的相框。很凉的清晨，终于到了空气里有你气味的城市，光慢慢涌进来，然后是鸟，尘埃，人，人间。"

她总是称呼我为"小姑娘"，其实我们二人年龄相仿，但她依旧如此。偶尔会在情绪低落时，向她询问一些弥留于心头的困惑，她每次都会竭尽自己的经验为我解答。我对她道："抱歉，没有让你看到我勇敢的时刻，看到的尽是我的虚弱，但以后不会了。"

不管别人如何评价她，我的执拗在于只愿相信自己的直觉。也许我们二人心中都有一个对未来童话般的憧憬：在经历世间万象后，寻一片山林或村庄，盖间屋子，安度余生。这里面不包含其他的意思，它仅是一种生活方式的抉择。

面对她，我是位丧失掉性别的人。在她瘦小的体内，的确蕴藏着能够持久发力的能量。白天她坐在夏日的凉棚中，转身望向自山中缓缓流下的一条清湛溪涧。那是一个纤柔、孤独的背影。美与落寞，古往今来一直如影随形。

望有朝一日，她可以抛开演员、作者的身份，通过电影去表达自己对这个苍茫世间无处安放的情意。相信心之所向，即使最后未抵达终点，也会停留在通向它的路上……

罗刹海市

题目四字出自《聊斋志异》，文中描述了一个美丑颠倒的虚幻国度。我仅想通过它去表现脆弱易变的众生百相。以此呈现人与人之间，无所谓对错的种种关系及选择。

◇ 一 洛丽塔 ◇

"你有洛丽塔情结吗？"她问我。

我的思绪突然停滞，脑海里浮现出一幅画面———一位戴爱心太阳镜，口塞棒棒糖的比基尼少女。她的青春和爱，绽放、枯萎、坠落，快得如桃花灼灼。

她虚拢地挽个低髻，几缕柔软碎发浮于耳旁。穿黑色羽绒服，黑色阔腿裤，一双三叶草小白鞋。空荡荡的裤腿下露出一截细瘦白皙的脚踝，那是属于少女的节制线条，仿佛用力握紧就会折断。她的身体暴露出自己的真实年龄。

她说起话来轻声细语，仿佛怕呼出的气息惊扰到周遭空气。喜欢墙角筐篮里堆放的贝壳和用竹子编的渔夫斗笠。她的欲望难道只有这些？

她苍白，纤弱，一张好女孩的面庞。总是唯唯诺诺，眼眸低垂，不敢直视他人的眼睛。但她年纪轻轻，却成为别人的太太。那个男人的年龄至少比她大十五岁以上，脾气暴躁，宽大T恤都遮掩不住硕大的啤酒肚。

人们习以为常这样的组合，男女双方各取所需，他贪恋她的青春，她图谋他的资本，彼此靠利益连结在一起。但不合理之处在于，这种情形为何会发生在这个女孩身上？她看起来如清泉一样透明，有着干净的眼眸，干净的嘴唇，并不像一位贩卖青春，心有算计的女孩。不知她是否与同龄男孩谈过恋爱，就徒手打开另一扇门，成为一个男人的欲望，磨灭掉她自己。

有些女孩不用辛劳工作，靠在百货店购物，整容医院管理皮肤，朋友圈晒照来消磨光阴，麻痹自我认为这就是确凿的幸福。在当下这个社会，可以毫不留情地说，稍有些姿色的年轻女孩只要她愿意，都能靠男人不劳而获。恣意挥霍美，并给予龌蹉以机会，她们对自己没有丝毫怜悯。

若有一天她们选择这样去做，也不要去嘲讽她们。每个人都有选择的自由，没有人能时时刻刻坚强无畏，稍有困顿，就会沉堕下来。但做任何事情都需要付出相应的代价，不能够承担，就不要去做。

她一直在说"谢谢"，满脸的不好意思，像个羞怯的小姑娘。令旁人瞧着忧心，她这样手无寸铁，该如何生活。我虽一眼就看到她腐坏的部分，但同时又感受到她脆弱的美。

望着如愿以偿戴顶斗笠回家的她，拎一只Timmy woods[8]手提包，立在车旁向我挥手道别。她的苍白和身上的柠檬味让我难以忘记。

这个年纪的女孩就像春日樱花，白天纯净，夜晚又被黑暗映衬折射出一种潜入人心的芬烈。多少人羡慕着她们的青春，但她们却不以为意，甚至活在自己略感苦恼的世界里，感到生活拖拉难熬，令人腻烦。于是把天真当做棒棒糖，恣意挥霍时光。无知才能这样无畏。

◇ 二 苔丝 ◇

十八岁后，苔丝就不再用粉红色装扮自己。平素清一色的低饱和色系：淡蓝、烟灰、焦糖、卡其、砖红。但今年夏天，却给自己买下一件裸粉细吊带蚕丝背心，一双粉匡威。她开始有意识地延长身上的

---

8 提米·伍兹，美国得时尚品牌。——编者注

少年气。

对于着装的审美，她认为芭蕾平底鞋百搭一切材质、款式的连衣裙，它有一种少女特质。若换成帆布球鞋或牛津鞋，则是种少年特质。她倾向那种古典、清雅的质感。

早晨，她足穿小牛皮芭蕾平底鞋搭配一件黑色无袖连衣裙，头戴一顶白缎带草帽。坐在后车座上，为回避与同车人说话，塞上耳机开始听歌。这些人习惯在餐桌上互相吹嘘和谈论有关置业的无聊话题。车子正朝休宁县驶去，听闻那里的五城豆干和米酒很有名。

十年前她不是现在这个样子，至少从形式上而言，她一直安静温顺，不会去做任何忤逆之事。但十年后，当她看到平静安和的生活之下那些被蛀噬的斑驳黑洞——现实与期待之间的落差，欲望的蒸腾，人性的踌躇与复杂。这些都是现实的实质吗？一种普遍性而非暂时的社会现象？生而为人，每个人面对这些黑洞都将难逃其咎。

她慢慢学会无畏，不再遵照成规行事，前方到底是什么，走上前。如果遇到果树，就摘下果子吃进去，总归毒不死。世上为数众多的人都是逐时代和命运之流者，即使一生小心翼翼地生活着，最后就能得到自己期许的结果吗？

苔丝穿细吊带连衣裙时不穿胸衣，瘦丁丁的像位发育不良的少女。出门化妆打扮，但不会戴假眼睫毛、留长指甲。认为一味标榜内在美是为了掩饰懒惰与自卑的肤浅行为。美是态度，不为取悦任何人。要尽可能地美丽，寻找适合自己的外形风格。并非只有素颜吃草穿布衣才叫遁世之美。

车子到达目的地。这是一座公益项目小学，一进门就看见校园内盛开着大片大片色彩参差的对叶莲，几棵茏葱乔木，叶片的形状似含羞草。教学楼不是惯常的钢筋砖墙结构，选用钢板等其他建筑材料设计改造，使之活动空间变得安全且环保。一侧墙板上布满孩子们五彩斑斓的涂鸦，被老师保存下来。下课铃一响，他们纷纷奔涌出教室。

苔丝静观这些孩子，生于野，性格顽皮活泼，脸上没有都市小孩那种被娇惯过度的自矜自持，自然的天性尚未遭到外界的破坏。但在教育水平落后的山区，若想未来靠知识出人头地，必然需要付出更多的辛苦努力。她后悔没带相机过来，至少可以定住下他们此刻灿若花儿的笑脸。

她的脸容则在最近三年突然间失去灵动，皮肤变得粗糙，唇角向下耷拉，眼眸无神，忘记如何开怀大笑。常觉很倦很倦，倦意使她愈来愈旧。记得一天夜晚，在黑暗的木屋中一个陌生男人突然从正面抱住她，他穿了件做工考究的白衬衫，上面散发出爱马仕大地香水的气味。他明明喜欢只穿系扣高跟鞋的温柔且妩媚的女人，现在却把自己的手指放在她的长发上游移，似安抚一只受到惊吓的黑猫。苔丝没有尖叫呼喊，心里洞然他的脸面不会促使他再进一步行动，于是用冷静地语调让他放开，连自己都有些出乎意料。

他松开手，笑言："你不快乐，不是吗？"

苔丝拉开墙边的灯绳，回道："我快不快乐，与你无关。"

"你身上没有爱情的气味，需要被某个男人点亮，才能彻底地散发出美丽来。"

她展颜一笑，不置可否，却反问："你很快乐？"

"参加过葬礼吗？讣告上通常会写亡去的人享年多少岁，但人的一生真正属于享受的时光到底才多少年呢？我的过去，幼时是度年，创业是熬年，此刻才算享年。所以我会尽可能地去寻找和享受快乐。"

"你的享受难道就是身边的女孩像走马灯一样更换吗？"

"它只是一方面。这次跟我来的女孩名校研究生在读，聪明、漂亮、并不缺钱，不过是为满足虚荣心而找位事业成功的成熟男人去爱自己。我可以爱她们每一个，享受这种感觉，但你要是认为爱能够永恒，那就太愚蠢了。"

都去见鬼吧！苔丝暗想，但她终究没有把这句话说出来。她为什么要心平气和地跟这位行为鲁莽的陌生人对话，因为他摘掉虚伪的面具，说出了实话。他把选择权轻而易举地抛给苔丝，用不着你猜我想，继不继续纯粹一念。

苔丝觉得倦到极点，仿佛一场跳梁小丑般的闹剧。她同样摘下面具，最后粗鲁地回绝了他。她快不快乐，与任何人无关。

后来她得到一点点启悟：无欲则刚，才不会轻易被赞颂和橄榄枝引诱。自以为聪明者，往往最后落得"血本无归"的下场。利益的关系里，谁比谁更无情，谁就是胜利者。

成年人的世界，无所谓爱与不爱。洁净的关系是与人交往，清淡尊重，互助相伴。要不就一个人，天真烂漫，四海为家，也未尝不可。

苔丝望向这些孩子们，澄明快乐的岁月如此短暂。情动后，便被叠加上阴翳、伤害、虚假、胆怯、贪婪、痴妄……这大概是使她很倦很倦的原因吧。

◇ 三 莉莉 ◇

她叫莉莉，今年九岁，来自德国。有一头柔软的金色长发，碧蓝眼珠，略宽的脸颊颇像那位扮演爱丽丝的澳洲女演员。妈妈独自一人带着她跟妹妹来徽州旅游。午后坐在院中的石磨前摆弄花草和人偶玩具。一个人自娱自乐，神情专注，唇角露出欢乐的笑容。侧面的鼻头尖尖地向上翘着，像极从丛林中飞出的长着透明羽翼的小精灵。也许此刻，她是一位戏剧大师，正指挥这些花草与玩具上演着一出精美绝伦的大戏。

她的脚边长满蓬草和绽放出黄蕊，淡紫花瓣的野花。我问她："涂花露水了吗？草丛里的蚊虫很多。"

"我不怕。"她满脸自豪道，"我特别喜欢小蚂蚁，在学校时，让它们爬到胳膊上，结果把老师给吓跑了。有什么可怕的，你瞧，它们多可爱呀。"说完"咯咯"地笑起来。

"也许你的老师有密集恐惧症。我也觉得它们可爱，但不会让它们爬到自己身上。这是成年人的方式。"我言。

她突然做出一个鬼脸，瞪大眼睛，伸长舌头，表情极为滑稽。我被她逗笑。

晚上在大厅放电影给她看——《哆啦A梦》剧场版。

影片结尾，大雄在愚人节这天，因为喝下一种具有反效果的药水让哆啦A梦再次回到自己的身边，他们彼此紧紧地相拥在一起。

大雄泪流满面地说谎话："我不想再见到哆啦A梦，我希望永远永远都不要跟哆啦A梦在一起。"

这样，药水起的反效果才能使他永远永远跟哆啦A梦在一起。

我对她道："大人其实比小孩更爱说谎。就像我说，我不难过，我不喜欢你了。但心里却是，我很伤心，我还是很喜欢你。"

"如果有那个药水就好了。"

"即使真有，我也不会喝。"

"为什么？"

"等你长大就会知道，但将来请做一个诚实的大人，就像现在一样可爱迷人。"

莉莉，日后将长成一朵清白芬香的百合花。

匮乏

三月初，高铁抵达北京南站。双脚踏上站台，那些凝滞的声色爱欲再次苏醒流动，如周遭的空气般窜入我的体内，那头名唤"饕餮"的困兽正在缓慢地苏醒。

闲时，去了趟太古里，与三里屯酒吧区间隔一条街。这里是年轻时尚达人的购物天堂，街拍团队常年在此驻扎。如果不购物，常坐于咖啡店的落地玻璃窗前，观察外面来往的行人。

这里汇聚了城中最时髦的人，顶着现代化的脸，对穿衣打扮各有一些独到的心得，形象鲜明，不会轻易淹没于灰色人潮中。即使在寒风刺骨的冬日街头，亦能见到赤露出脚踝和膝盖的姑娘。在寓赏她们的美丽与勇气的同时，又看到一种凭借躯壳对抗平庸生活的决绝。人们日渐耽于种种外相的美，不愿为追求某些深刻的事物蹉跎掉太多时间。人总是希望有捷径可走，不劳而获，便能得到自己渴望的东西。仿佛痴人说梦。

这座不自由的北方城市，就像一片建立严密食物链的原始丛林，困居着各种生灵野兽。它们隐藏于丛林一角，目光逡巡地搜索猎物。待猎物一现身，出手快准狠，不给对方留下丝毫逃生的机会。

孩童们聚在广场内的喷泉边游嬉。在这欢愉的显象下，又有多少黑色的污流涌动。

长久生活在城市的人很难脱离它的限囿，人们受享填充其中的丰富物质，留恋那始终处于变幻中的复杂肌理。如雨天倒映于路面水洼中的霓虹一般斑斓暧昧，给人以无限绮丽的幻景。但城市仍有属于城市的匮乏。

夜晚行至国贸。抬头所见是被风霾遮挡的一幢幢灯火通明的玻璃楼，街道上的车辆川流不息。深冬的地铁站里，却横躺着行乞的老人、残疾人。贫穷在这座城市里，如虱子爬上锦袍。

国贸银泰购物中心，一派铁树银花。一碗日式拉面值价三十八元，一支YSL圆管值价三百二十元，一方盒野兽派永生花值价则上千。瞥一眼洋溢西西里岛异域风情的Dolce & Gabbana，早已熟知每一个奢侈品牌logo及其设计风格。这是在城市生活愈久潜移默化练就出的一种"能力"。对一切物质的熟悉程度远超出生活本身，超过对四季流转的细腻体会。

但此刻却在想，这里有多久没有喜鹊和蜂蝶飞过？

寒风中仰起头望向灰蒙蒙的夜空，不知为何，想起那个僻于群山中的江村。

在江村，若放眼眺望，视线可以越过溪流、平芜、树林、山峰，抵达云雾缭绕的天边。而此时，视力似乎又变得不好，像盲掉的鸟儿在混凝土建造的石柱丛林间横冲直撞，却怎么也飞不出去。

江村平和坦荡，毫无暧昧可言。它是大自然最朴素的孩子。但不能说，它是没有寂寞的。内心空荡荡的时候，会一个人往山林深处走去。捡一颗松子，几根枯枝，一小把映山红下山来。

城市与江村，我心中并无绝对的爱恨。只是匮乏的人走到哪里都是匮乏的。

匮乏是一种难以排遣的丧。

我是一株长于徽州土地上的海棠，而非培育在都会温室里的空幽兰草。这是我的源起，生命故事的最核心。

月 照 海 棠

　　海棠的花语包含两层意思：一是游子思乡，二是无望的苦恋。我把它纹在身上，为了提醒自己不要忘记——我是一株长于徽州土地上的海棠，而非培育在都会温室里的空幽兰草。这是我的源起，生命故事的最核心。你看到这些，就不用再试图了解其他。不会再有其他的故事，不会再有了。

"晋太元中，武陵人捕鱼为业。缘溪行，望路之远近，忽逢桃花林，夹岸数百步，中无杂树，芳草鲜美，落英缤纷。渔人甚异之。复前行，欲穷其林。

　　"林尽水源，便得一山。山有小口，仿佛若有光。便舍船，从口入。初极狭，才通人。复行数十步，豁然开朗。土地平旷，屋舍俨然，有良田美池桑竹之属。阡陌交通，鸡犬相闻。其中往来种作，男女衣着，悉如外人。黄发垂髫，并怡然自乐……"

　　海棠对七岁前的经历已不复记忆。偶尔会在睡梦中，隐约听见有个声音在自己耳畔娓娓诵念《桃花源记》，曾一度她以为自己患上了幻听症。

　　七岁后她的记忆里只有寒山。彼此共度的这些年，海棠觉得自己的身体变成了一只河蚌，她对寒山的感情在长久的岁月打磨中，已由一团血肉模糊的身体组织磨砺成一颗圆润坚硬的珍珠。就在他终于可以打开蚌的外壳，取出那颗珍珠时，他却选择远走他乡。

　　最近这几年，敏感如海棠，早已发现深夜失眠的寒山会独自一人坐在客厅内，沙发旁一盏光线昏黄的落地台灯，墙壁上的剪影显得孤单而憔悴。这个强大有力的男人，十五年后，两鬓已泛起银光。

　　厅堂内流淌着拉娜·德雷演唱的《Young and Beautiful》，旋律出自电影版《了不起的盖茨比》。

Will you still love me

when I'm no longer young and beautiful

Will you still love me

when I got nothing but my aching soul

……

这是他唯一软弱的时刻，隐藏起自己，任悲伤肆意流淌。

在寒山的离期日渐逼近的那几天，海棠的身体突然间发起高烧。她虚弱地躺在床上，寒山的手掌贴住她的额头，像小时候那样去探量她的体温。

他觉知她的内心起伏，语气温和地安慰道："海棠，你已经长大了，要学会坚强。"

海棠沉默地望着他的脸，滚热的泪自眼角滑落到湿漉的发丝里。视线穿透这张逐渐衰老的面孔看见了隐匿在它背后的模糊轮廓，那或许就是寒山孤独的灵魂吧。她不在乎他的躯壳是怎样的，年轻强壮，抑或虚弱苍老。她一直都在追索的唯有他面朝太阳奔走的灵魂。

她想起第一次见到他时，那日的天空灰沉沉，飘着霏霏苦雨。她站在檐牙高啄的庭园内，于一棵垂丝海棠下，抬起头望见一位中等身高，穿白夏布衬衫、浅灰布裤的男人。但她看不清那个男人的脸，仅记得他伸出手替她揾去落在额上的雨滴。他的手指温暖干燥，就像冬日炉子里的一团火。命运的线绳就此把他们二人捆绑在一起。

还是一样的触感热度，但终将人去楼空。但让海棠难过的也许不是寒山的离开，而是她独自虚耗那么多年，却仍无法洞明情感的真相，被它迷惑引诱，又怯弱不敢前，终落得竹篮打水似的浮梦空一场。

壹

二十四岁的海棠出现在屯溪市的徽州文化博物馆内。一个月前，她乘坐高铁抵达大雨滂沱中的徽州。

清晨，她在老街一家卖石磨豆花的店里，吃了一碗豆腐脑，一小份用绿粽叶包裹的红糖发糕。饭后沿新安江边步行。江畔有人垂钓，有人浣衣。岸边栾树的米粒状鹅黄花朵纷纷落于石头围栏上。她停下来展目看花，视线一路下移，最后止于树影晕染的江面上。从两年前开始，她经常被一种莫名的哀伤侵蚀，感到低迷消沉，落下泪来。但泪水对少刻奇的她无意义，就像汗液、唾液、精血一般，仅是出自体内的分泌物，无关精神意识。此时的她闲云孤鹤，惶惶凄凄，再次坐上出租车向博物馆驶去。

正值夏季，她穿细吊带裸色双宫桑蚕丝缎面长裙，一双意大利手作小牛皮芭蕾平底鞋。肩上背一只原色亚麻布兜。一枝垂丝海棠纹身沿锁骨、肩膀、手臂渐次蔓延。雪白面孔上毫无血色，唯有唇上一抹淡淡豆沙红。青发覆于光裸后背，贫乳，未穿胸衣。修长单薄的身体仿佛依然处于发育中，久久沉迷在自己澄明清幽的十六岁。

馆内的工作人员对她已有了些微印象，这是她一个月内第四次出现在这里。

她很安静，不说话，走起路来静悄悄。有时拿出相机拍照，有时用纸笔写写画画。除此以外，让人更加难以忘记的就是她的美丽。见之宛若"忽如一夜春风来，千树万树梨花开"。然她自己仿佛不觉得，平素寡着一张脸，连惯常的神情都不大有。

海棠大概猜想不到自己已成为这座冷清的博物馆中唯一有趣的谈资。她来此做些摘录，源自天性中的不安全感。她就是这样一个人，需要对生活过程做出及时的记录和思考，却不在意它是否存在意义。

她打开笔记本，纸页上现出密密麻麻的摘要：

北宋宋徽宗执政年间，位居中原腹地、崇山峻岭间的一处地方发生农民起义，徽宗遣派官兵镇压下之后，改其名为"徽"，取"捆绑、束缚"之义。却没预想到"祸福相依"——此后经年，旧代新朝不断递嬗，迨至清末，因峰峦环抱的特殊地理环境，得以被大自然的天然屏障圈禁包裹，成为一处能够躲避战乱，繁衍生息的隐遁之地。

但在以男耕女织为主要生产力的农业社会，土地的贫乏促使生活在此的人们被迫年少就背井离乡，求食于四方。"前世不修，生在徽州。十三四岁，往外一丢。"这是在坊间流传甚广的一则民谚。旧时休宁地区，因粮食短缺，人们做早饭时，会在生米里加许多水，待到煮至半熟时，便捞出大部分的米留到中午蒸成米饭。剩下的继续煮，煮到米粒全部融化在汤中才止。徽州人的危机意识从孩童时期就已慢慢形成。

即使在这样艰难的处境里，他们依然秉持"非因报应方为善，岂为功名始读书"的理念，重视教育，饱读诗书，并对日常生活怀揣玩赏与珍惜之心。

古时徽州遍布各种形式多样的节日风俗。

春节——大年初一，家中男丁早起打开大门，燃放爆竹，焚香烧纸祭拜四方神明。随后家人们按辈分互相拜年，吃三茶，分别是清泡茶、茶叶蛋、枣栗汤（甜汤）。茶后，全家去往宗祠谒祖庆岁，领取元宝糕。

上元节——每户人家清早会清扫灶神神龛，为其添上新灶灯、新对联，然后奉上寿桃、元宝焚香祭拜。晚上家家户户张灯结彩，孩童提着灯笼结伴玩耍。大一点的村镇还会举办盛大的灯会和舞龙舞狮的表演，人们聚在一起猜灯谜闹元宵，街巷间往往游人如织。

清明节——宗祠会举办大规模的"墓祭"，场面庄严隆重，哪怕在千里之外经营生意的徽商，也会兼程赶路回家参与。祭祖需备上丰厚的祭品以飨先人，兼行礼、祝文，伴鼓乐。日常扫墓除了除草培土，还用竹枝系着纸钱插于坟上，俗称"挂钱"。

端午节——梅雨季过后，百菌丛生。每户人家于门前屋檐处悬挂菖蒲、艾蒿、大蒜，并用苍术、白芷熏蚊驱虫，用雄黄水消毒室内外，在厅堂挂起钟馗像。吃食方面却各不相同，黟县吃粽，婺源吃咸鸭蛋和汽糕，而绩溪岭北一带则吃豆腐。祁门县在这天会举办独具特色的"神船游街"活动，即三十多位壮汉抬起乘坐着由人扮演的神明的船只游街。

……

海棠不是作家、艺术家或民俗研究者，她仅是一位过路人。但到底生活里灌入了多少空虚，才迫使她记录下这些。馆内空调温度打得极低，她被冻得手脚冰凉。

这时，从笔记本内滑落出一张旧纸。她拾捡起来，见皱巴巴的纸页上面仅有一首杰克逊的诗歌，如是写道——

先于开端，先于狂暴

先于被打破的沉默之苦恼

一千个渴望，从未表达

悲伤的剧痛，被残忍地扼杀

但我已选择挣脱，要自由驰骋

切断那些束缚，好让我见证

那些把我囚禁在痛苦记忆中的枷锁

那些搅乱我头脑的责难、解说

那些溃烂难除的伤口已消失不见

取而代之的是一场新生已初现

那孤独的孩子，依旧抓着自己的玩具

已创造了他的和平，发现了他的乐趣

在没有时间的地方，不朽显露

在爱充满的地方，没有恐惧

这孩子已经长大来编织他的魔术

抛却他不幸的人生，曾是何等悲剧

他此刻，已准备好随时去分享

随时去爱，随时将关怀送上

打开他的心，没有任何保留私藏

现在加入他吧，如果你有胆量

海棠目视着这些文字，心中炽烈引起一阵剧痛。寒山的自负在于他没有给过自己去深入了解他的机会，当然，他也没有给过其他人。

"乱山合沓，空翠爽肌，寂无人行，止有鸟道。"

她的孤独仿若空谷回荡。

贰

海棠唯一一次向寒山探问有关父母与故乡的事情是在十五岁，彼时她已和寒山一起生活了八年。八年里，她在寒山的悉心照料下，至少从形式上而言，正由一株野生的垂丝海棠朝着名贵矜持的兰草生长转变。

比如，看见一件事物，首先他会问海棠：你觉得它具备审美力吗？或者仅是一件庸俗的产物？其次再谈是否可行。他没把她当做一位可以肆意妄为的儿童去看待。

他规定海棠，在成年前，必须九点前回家，不允许在外面过夜。不能剪短发、染发、烫发，纹身。指甲要修剪干净。与人对话双眼需平视对方，保持适度微笑。说话要轻声细语，走路要挺胸抬头，不急不慢，吃饭时则止语。不能穿高跟鞋、迷你短裙、吊带衣衫，戴树脂饰品。不能随便吃外面的食物，喝凉水。做人要不骄不矜，不卑不亢……条条框框，事无巨细。而这些最终致使海棠直接失去可以跟同龄人相伴玩耍学习的童年时光，成为校园里一个古怪又奇特的存在体。

在其他同学背粉红印芭比图案的书包，聚在学校附近的杂货铺里买小零食吃时，她却穿白纱蓬裙，玛丽珍小黑皮鞋独自一人穿过一条紫茉莉溢满栅栏的胡同去学古典芭蕾，卡其帆布双肩包中放一双粉芭蕾舞鞋，一件白色芭蕾练功服和连裤白袜。那是她七岁时的生日礼物。她记得自己新的人生是从一双芭蕾舞鞋开始。

那个时候的她只是一粒棋子，辨不清自己到底喜欢做什么，却已经知道如果努力学好芭蕾，至少能讨寒山开心。为此她成为舞蹈室里最勤奋的学生。

直至有一天海棠观看了一部讲述俄国芭蕾舞者安娜·巴甫洛娃生

平事迹的影片，着迷于这位优雅女人的舞步与美丽，年幼的心灵受到极大的触动。似乎忽然间懂得一些寒山强调再三的审美力具体为何。在不间断的身体成长和身形体态的塑造中，海棠的性别和自我意识开始萌芽，她逐渐成长为一位敏感、早熟的天鹅少女——德加画笔下的芭蕾女郎。

十三岁的海棠升入初中，在学校里几乎没有任何朋友。女孩们不喜欢她，她们可以无视外貌平庸但学习优异的女生，但不能忍受一位容貌体态出众，学习舞蹈艺术的女孩。所有的少女面对同性都会产生妒忌心。校园内谣言四起，嘲笑海棠无聊透顶。不看动漫韩剧不聊偶像不去逛街不喝可乐不穿短裙，像一种装腔作势的中世纪老古董。男孩们虽然喜欢她，美丽如冰川透亮清冷，但会冻伤人。打趣她为"圣斗士们的阿西娜"。

少女海棠已经习惯自行车时常爆胎，笔尺不翼而飞，作业本被撕烂涂鸦等等拙劣的恶作剧。她不去向任何人告发，照常生活学习。但心中却凝结着一股不能言说的情绪。被同学孤立欺负没有对她造成很深的困扰，却因不知原因的软弱而深感羞愧，缺少自我认同感，不能轻松地融入到周遭环境中。那些恶作剧者见她如此乏味，很快悻悻然停手。海棠十三岁时的行为处事就像二十三岁的青年，二十三岁又如十三岁，仿佛她可以随意穿梭到任何一段时间和空间内，只不过是肉体困压住灵魂，她的本质其实不曾变化过。

生活里除了寒山、他的助理秋婷、一位做饭打扫的阿姨、芭蕾、学习，不再有其他人或事。显得孤独而与周遭格格不入。但喜欢画画，读北欧童话，收集中古时期的古董娃娃。看《哈利·波特》，宫崎骏电影，沉迷于虚幻情境中，以此回避"高深莫测"的成人世界。寒山工作繁忙，没空带她去电影院。有时秋婷会陪她，但大多数情况还是自己一人买票去看，换上从鼓楼街周边的古着店购置的连衣裙——一九二零年代的米白钩织镂空彼得潘小翻领束腰丝绸连衣裙，或鸡心领花卉藤蔓束腰棉纱连衣裙，显得郑重其事的样子。

此时穿衣打扮已近成人化。懂得注重服饰材质、款式的选择，及色彩搭配。清一色的白、灰、淡蓝、卡其、焦糖、肉粉。因为寒山喜欢这些清淡内敛的颜色。他告诉海棠：通常打扮花哨的女性内心会有自卑感，需要依靠过度修饰来博取关注。在寒山的审美里，小女孩应学跳芭蕾，拉大提琴，留卷曲长发，戴小羊皮贝雷帽，白蕾丝手套，穿芭蕾圆头平底鞋，着白色洋装连衣裙。海棠从小被如此要求着，如十六岁的古典少女那般矜持地自处。这何尝不是一种形式前卫的"反潮流"。但因寄人篱下心中一直难安，时常被恶梦惊醒，躲在被窝里偷偷哭泣。

但是她依赖他。寒山是这个世界上她唯一可以依赖的人，唯一的亲人。

十五岁时，因为一次意外的舞台事故，导致海棠的右脚脚腕骨折。主治医生向寒山陈述病情，虽无大碍，但为了避免造成习惯性骨折，应尽量减少专业性舞蹈训练。寒山听后沉默不语，一周后才把情况告诉海棠。她倏忽间不知道该用哪种表情去应和这个消息，但心里却涌起一阵从未有过的解脱。

她的脚趾在长期的芭蕾训练中造成轻微变形，脚背隆起，没办法穿系带球鞋。虽然肢体柔韧性具备先天优势，但弹跳力和支撑力差，即使刻苦训练，却仍处于弱势。她清楚自己根本没有良好的专业发展前景，但无人可说，一直苦苦坚持。海棠不愿违背寒山的想法和规定，即使自己感受不到一点儿快乐。她在此过程中逐渐体悟到现实生活的残酷性：快乐很微弱，而苦是常态。清醒的人不会规避风险，反倒让自己处于忧患中忍耐地前行。

"打碎玻璃杯，重新粘合复原；乌鸦飞走，黄昏时又归来；长大远行的孩子，伫立在故乡的江畔，眼已盲，发斑白；青苗般瘦弱的女孩，身体里复制出另一条强壮生命；松鼠被雨水淋湿皮毛，干燥后又在林中玩耍；一把见过鲜血的刀，在泥土的抚摸下失去锋芒……"海棠在日记本中宣泄失望。只觉生命的缝隙里塞满太多无意义的周而复始，令她困顿且倦怠。她盼望能快点长大，或许长大后所有的困惑都能不破而解。她与世间的关系，类似于女童手中的玻璃纸镇，抱以自娱自乐的态度，全无进入的热切。即使偶尔被它其中的夸姣打动，但仍隔一层玻璃观望。因她惧怖自己所见的一切终会化为无意义与虚空。

待海棠的脚伤痊愈后，寒山去合肥出差时带上了她。他带海棠去过许多地方，看过大海、草原、森林、老镇、旧址、高山上的日出，湖泊尽处的日落。因工作行程无法带她去的，也会寄明信片和礼物给她。有件旧事一直让他心生愧疚。海棠八岁时，他有次临时飞去国外处理工作，没能及时告诉她，她以为自己被抛弃而断断续续发烧持续了一周。后来见他回来，抱紧他委屈地大哭。他瞬间有些不知所措，但仍轻柔地抚摸着怀中小姑娘乌黑柔顺的长发安慰着，那时她的头顶才刚至他的腰部。

海棠的举动使寒山体验到一股巨大的触动，与另一个幼小的生命体产生最本真的连接，被对方需要与依赖，以此印证自己在情感方面存在于这个世间的处境和价值。对，他的大半人生平和顺达，仿佛做什么都能轻而易举地获得自己想要的结果。除却情感。年轻时受过挫，此后一直孤单，许多年了吧，久到连自己都忘记从何时开始。

孤单是哪种滋味？柳老写下："千山鸟飞绝，万径人踪灭。孤舟蓑笠翁，独钓寒江雪。"那是一种寒冷，侵肌刺骨，寒蝉凄切。或许也是一种等待，怀着微渺希冀，盼等有人带火种而来。

一晃儿过去了那么年，他眼看着当年那位眼瞳如碎冰的小姑娘，变得越来越敏感，越来越好看，也越来越漠然。

叁

合肥市中心横穿过一支名叫"包河"的河流，一侧临挨包公祠。夏日午后，暴雨刚止，小径两旁的绿植沁绿而清凉。阅览过大量植物绘本的海棠能够轻易分辨出草丛中大部分杂草名称，但她什么也不说。

与寒山并排着走在河畔，河中莲花次第地盛开。雨后草蚊纷飞，海棠的脚腕被叮满包。她撸起裙摆，从背包里掏出花露水来涂。

寒山站在一旁，凝望着她的动作，忽然说："好久没闻到这个气味了。嗯，有股植物的香气。"

海棠顿了一下，轻声问："你怎么理解'人闲桂花落'？"

寒山的面容有一瞬间的凝滞，他伸手指着路旁的一朵玫红色秋罗，反问道："你知道这朵花的花瓣有几片？"

见海棠沉默，他接着说："其实这两个问题都在表达同一个话题，就是孤独。"

"那你孤独吗？"

他轻轻一笑，答道："海棠，你看看周围，在这个公园内，有爷爷奶奶带着孙儿玩耍，夫妻二人一起跑步健身，年轻情侣亲密地约会聊天，人们追求的日常幸福就是这样平凡真实。它同样也是我的追求，我一直在寻找着。"

"它会让你感到快乐吗？"

"你知道如何评断一栋建筑物的好坏吗？追求标新立异的外型结构只是设计师本人的风格体现，但建筑物的最根本目的是给普通人提供舒适环保的生存空间。相较之下，我更倾向平常而克制的建筑。但这并不意味着它没有美的展现。它应如树木、石头、河流等这些自然物一样，以一种寻常但又不可缺少的纯粹状态存于天地间。所以我所理解的是，平凡即快乐。"

他们一起走去包公祠，寒山总是另辟蹊径，像个好奇心盛烈的少年。这是他作为建筑师养成的职业习惯，善于观察、学习和思考，对世事保持一种开放接纳的心态，与海棠截然相反。浏览完遗冢、地下墓室、石刻碑文，彼此登上祠堂的五楼，能够俯瞰到整座城市的中心地带。他指引着海棠望向一处高楼工地，是他正在主持设计的一个项目。

"你当初为什么选择回国创业？"海棠问他。

"我在德国住了八年，硕士毕业后，进入一家跨国公司做建筑设计。二十五岁时的生活就是满世界飞，彻夜画图纸，竭尽全力地去工作。当时欧洲的城市化建设已趋近完善，而九十年代的中国正处于全面发展的阶段，市场空间很大。更重要的一点是任何创造都需要故土提供根基和滋养。奥斯卡·尼迈耶是我最欣赏的建筑大师，他一生中最卓越的建筑作品绝大部分都散布于巴西的土地上。这很重要，它代表一种根本性的基调和精神力。"

他继续说："初到德国时，我觉得自己四年本科白读了，似乎什么都没有学到。八年后再回中国，这种感受又冒了出来。在全部清空之后，真正属于自己的东西才会逐一凸现出来。"

"约翰·拉斯金在《建筑的七盏灯》中表达出这样一个观点——建筑家如果不是一位画家或雕塑家，那么与只会制作画框的工匠无异。这个观点正确吗？"

"我个人认为是对的。拉斯金把建筑分为四个等级，一是对宗教建筑的赞赏；二是对宏伟建筑的赞赏；三是对工艺细节的赞赏；四是对艺术性建筑的赞赏。当然他认同第四种最高级。工作之余，我也经常练习素描之类的绘画技能。"

她突然话锋一转："你回国后的第一年就遇见我，然后收养了我？"

"对。"

"我当时是什么样子？"

"嗯……"寒山沉思一阵，"很瘦小，蹲在一棵海棠树下观察从土里钻出的蚯蚓。我站在你身后，叫了一声你的名字，你转过头来望向我，眼睛非常美，像冰川一样莹泽透亮。"

"可我为什么对过去一点儿印象都没有。不记得爸爸妈妈，也不记得曾经的家。"

"海棠，你的爸爸妈妈都是很好的人，他们非常爱你。但在这个世界上有些事情不受人力控制，比如生老病死，虽然残酷，但你仍要学会慢慢接受它。还有，你要记住，我就是你的家。"

"你会离开我吗？"

"即使我不离开你，你长大后也会离开我。但我们共度的时光会成为你永远的陪伴。"

不知怎地，这是寒山第一次对她讲述自己的工作和一些过去的事情。她向来对他所知甚少，只知他做建筑设计，经常出差，工作繁重。却不清楚他的建筑设计公司在行业内享有名声，个人设计风格深受德国工业思潮影响，遵循极简、纯粹，摒弃一切多余细节。受到业内肯定，获得过诸多专业奖项，但寒山不甚念名利。

这些年，有许多女人爱慕和追求过他，但寒山在男女感情方面一直处于被动位置。初相识，他是位绅士，立身素简、涵养深邃，让人无故想要靠近。但若跨越了普通朋友的界限，便会发现他的内在其实非常骄傲和冷漠。即使他赞美你，仅是出于一种对异性的礼貌。因为他谁也不爱，才能做到足够的友善周全。聪明的女人了解这种男人最棘手难攻，因为弄不清他到底想要什么，没办法投其所好，计无可施，往往会识趣地先放手。而笨女人大多是在对方分寸节制的冷处理中，满腔热血最后被强制冷却。

虽然海棠从一开始就站在寒山身边，但仍觉得他们之间相隔一段时光划出的沟壑，使彼此无法亲近起来。海棠有时会自忖：他可曾爱过哪个女人？

至少到目前为止，她从秋婷无意间泄露的只言片语中，可以断定寒山在情感方面绝对算不上是位温柔的"绅士"，但还是不间断地有女人被他身上精美的标签迷失心目，失去自我认知地往上贴，结局可想而知。事实所见：没有女人能够走近他，更别谈走进他的心里。又或者，他根本就没有一颗心。

海棠的"无情"在于她冷眼旁观，又具备等待的耐心。看似懵懂无知，其实内心清明。因自身的处境使她思考的问题已和同龄人完全悖离。她希望自己在成年之前，能够尽量少给寒山添麻烦，且保持自尊地生存下去。

此时阳光从云层中涌现出来，海棠的胳膊搭在栏杆上，闭上了眼睛。寒山逆光中见她白皙到几近透明的面庞上睫毛微微颤动，似绿凤蝶震动的羽翼。这个形象与二十多年一个女孩的侧脸轮廓相似到趋近吻合，仿佛钉子突然敲进眼中，寒山痛到闭紧双目。他曾经和以后爱过的女人，第一个与最后一个没有什么不同。

晚上，寒山带海棠参加朋友为他接风的饭局。她以前是小女孩，无人过多在意。如今出落成一位恍若远隔尘世的古典少女跟随在寒山身边，众人投射来的目光忽然间变得含义不明。海棠镇定如常，埋头品尝餐桌上的菜肴，一句废话都不愿多说。酒过三巡，坐在海棠对面的一位中年男士酒劲上脑，终于按捺不住，对寒山语气暧昧的嘟囔道："寒山，这么多年没见，我怎么不知你居然有恋童癖？"俄顷间，一桌男人的面容纷纷变色。

即使世上女子千千万，但真正动人心魄的无外乎这两种：一种极淡，如水似冰，洁白、冷冽，自带山川草木之情深，却不为人世百转千折；另一种是极烈，一朵带刺玫瑰，一团火焰。妖媚朦胧，笑声如翠鸟，可以为爱情挖心剔骨，浴火重生。显而易见，海棠就目前来看属于第一种。

日本摄影师筱山纪信拍摄过一组经典写真集，取名《少女馆》。摄影对象是一群十二三岁的小姑娘，身体尚未经历第二次性发育，童贞似一朵朵含苞的洁白茉莉。她们穿着统一的学生制服或各色连衣裙，出现在教堂、海边、浴室、花园……聚拥在一起嬉笑奔跑，沉默时脸上会现出成年人的清凛神情，偶然间青涩的性感如流星闪过夜空。天真与成熟之间往往一触即破。在这种矛盾对立的视觉冲击下散发出"树欲静而风不止"迷幻般的吸引力。少女本身毫无意义，她只是人类欲望的一种独有的象征。

海棠不等寒山开口，面无表情道："叔叔，即使我跟他有什么，似乎也跟你无关。"

这是海棠第一次遭受来自一位成年人的恶意，但她仍然礼貌而克制，一双眼睛寒冰般晶莹流盼。

"海棠是我通过法律程序收养的孩子，她是我的家人。我寒山再不济，也不会对一个孩子起任何不该起的念头。抱歉各位，我还有点事情要办，就先走一步了。"寒山掷地有声地说完，带海棠离开了餐厅。

因为餐厅距离酒店不远，他们决定步行回去。路过一家冰激凌连锁店时，寒山给海棠买了一盒香草双球。

走进酒店大堂，寒山试探地问："我们在楼下喝杯茶再上去怎么样？"海棠应和地点点头。

彼此对坐在酒店一楼的休闲区，他为自己点一壶黄山毛峰，给海棠另点一壶茉莉花茶。等茶端上来后，才想起自己喝绿茶会失眠，要求服务员撤掉。海棠在一旁阻止道："不如我们互相调换一下，免得浪费，我喝什么都行。"其实她还是更喜喝吴裕泰的茉莉花茶，复有夏的抹茶冰激凌。

"有时会怪自己对你的要求太严苛，但最终目的其实是为了保护你。"寒山温和地说道。

"为什么？"

"因为你很美丽。在这个世界上，女性因外貌原因总会遇到各种各样的非议。"

"可我不觉得自己哪里好看，你瞧，它尽给我的生活添堵。"

"这是个好心态。"说完，寒山端起茶杯，一时间陷入沉默。

半响，海棠突然问道："你爱过的女人美丽吗？"

他先是一怔，然后淡淡地说："不管她在别人眼里是哪种样子，在我心里却是不能打破的。"

"她是谁？"

"我的大学同学，初恋女友。"

"你爱她吗？"

"我爱了她二十多年。"

然而他随后道："但在我最需要她的时候，她却辜负了我们的感情。"

她倏尔间不知道该说些什么，想了想，轻声道："让我做你的树洞吧，你有什么不开心的事都可以跟我说，如何？"

"你是在安慰我吗？"

"姑且算吧，你不是也买冰激凌安慰我嘛。这就叫'来而不往非礼也'。"她偶尔的孩子气还是很令寒山开怀。

这是海棠第一次从寒山嘴里听到他不假思索、直白、准确地表达"爱"字。但她对那个女人本身无兴趣。爱是一种自我感受，而对方只是一个承接爱的载体。人们往往爱着的通常是自己臆念中的那个被无端美化的人。她只想知道寒山爱过就好。

肆

海棠推开牖窗，胳膊支在上面，看从天井四周滴答而落的雨珠。她住在一间二楼客房内。房间不大，内部的装修风格沿袭民国海派风，木墙面上糊着浮雕碎花壁纸，暗黄色，浸了水渍，看起来有旧感。临窗的一侧摆放一张黑铁柱双人床，铺白棉布床单被罩。床边一张橡木方桌，上面放置一盏刺绣台灯，陶瓷纸巾盒，柴窑滴釉茶碗，几枝新鲜扶桑插于手作园竹筒内。一只靠背老布面沙发，其上搭一块白蕾丝方巾。她很喜欢这个房间，一个人长时间待在里面，拍照、读书、发呆、跳舞、做笔记、敷面膜、看侯麦的电影……反正不会觉得寂寞。这里是处奇妙地，使她淡忘了孤独这回事。

此时的海棠仍未细究过"孤独"具体指什么？是无法与他人连结产生的孤独？还是即使连结亦会感到孤独？其实若干年前，哲人普罗提诺已在自己的理论中回答过这个问题——世间存在的每一样事物都有这种神秘的神圣之光。我们可以看到它在向日葵或罂粟花中闪烁着光芒。在一只飞离枝头的蝴蝶或在水缸中悠游穿梭的金鱼身上，我们可以看到更多这种深不可测的神秘之光。然而，最靠近上帝的还是我们的灵魂。唯有在灵魂中，我们才能与生命的伟大与神秘合二为一。事实上，在某些很偶然的时刻中，我们可以体验到自我就是那神圣的神秘之光。

然而被孤独感折磨多年的海棠，痛苦的根源在于，她依然圈于个体与社会环境的窄狭范围。但世间万物浑然一体，互相连结。太阳东升西落，花草枯荣，水流风断，皆与她的生命息息相关。当把孤独转变为形而上的角度去观察，便会发现它其实并没有那么可怕。毕竟我们穷尽一生都在对抗着消失与无意义。

卫生间内的老粗布帘幔手工缝边。盥洗盆上面挂一块木雕方镜，海棠时常对着镜子观察自己的脸。背光中的面部骨相及五官超出日常审美范畴，如白茶梅般风致楚楚。本来应该绽放的面容，却似一朵揉皱的花，现出一种枯淡的消退。她看到颧骨皮肤上被阳光晒出的浅棕色的斑点，仿佛洁白的瓷蒙上征尘。不知怎地，这样的自己正合她意。

她惯常头戴平顶拉菲草帽，于每日清晨、傍晚毫无目的地在西川镇上迂回溜达。

西川，位于黟县东部。丘陵地貌，四面环山。始建于北宋庆历七年，当时有位名叫胡仕良的男子在从婺源去往金陵的路上途经此地，被这里的山水风貌吸引，见之难忘。一年后，举家落户于此。清康熙《徽州府志》中曾记载：新安各姓，聚族而居，绝无他姓揽入者。胡氏顺理成章成为西川镇最大的族姓。

两年前，海棠在一篇民俗文稿中无意间发现这样一段文字：

多年以前，曾有人说过，陶渊明笔下的《桃花源记》写的就是黟县的某一村落，一直未敢深信。但几年来，多次深入徽州之后，纵观黟县的山水形胜，采听乡间的风情掌故，我最终对"世外桃源"即古黟的说法，产生了强烈的认同感。有这样一个事实可以说明：黟县旧有"桃源洞"，为南向进入黟县的必经路口，悬于山崖之上，下临百尺深渊。从渔亭逆流而上的渔舟，因河道乱石嶙峋，至此则难以上行了。若往县城，则须舍舟登岸，穿过桃源洞，再经"浔阳台"，在崎岖的山道间穿行。缘溪而上，两岸悬崖陡峭，古木森森，行数里，峰回路转，眼前豁然开朗，只见炊烟袅袅，粉壁黛瓦马头墙，一大片村落奇迹般地出现在眼前，而这，就是人们传说的"桃花源"。

当年，这里曾是十里桃林，春来红花灼灼，如云霞般灿烂。可惜，这是旧时的情景，今天已经不复存在了。一九五六年，国家开筑渔黟公路，因石门山山体高峻，线路无法另选，只得将桃源洞炸开，仅在路边的山崖上勒石以存念。

海棠把这段文字如数抄录在日记本上，心底产生一种缱绻的情绪。仿佛一枚种子自此被种在心田。两年后，她终于决定前往那里，去寻访那处消失的桃花源。

她翻阅LP及其他介绍徽州地区历史文化和风土人情的相关书籍，提前做下功课。

徽州在古时称为"新安"，分设一府六县，即歙县、黟县、休宁、祁门、绩溪、婺源。如今旧名被更换，婺源被划分到江苏省，绩溪现今也隶属于宣城市，旧日版图遭到破坏。海棠要去的地点位于六县之一，建于公元前二二一年（即始皇时期）的黟县境内。驴友们整理推荐出那里一年四季的游玩项目，仿佛一首打油诗：春季五里赏桃花，夏季剑潭玩漂流，秋季塔川览枫色，冬季西川过大年。

海棠看后一笑，她向来对按照观光旅游路线的出游方式兴趣不大。只是想去看一下，看完就走，不需要结伴，也无须告诉任何无关紧要的人。但在微信里提前告知了林苏。

林苏是高她两届的央美师姐，也是她在大学唯一的朋友。本科毕业后，进入一家广告公司做产品设计。因不愿再给依靠外观颜值和媒体传播吸引眼球的网红商品做雇佣，一年后辞职回到故乡西川建立工作室，跟随当地的篾匠学习手艺。徽州山区拥有丰富且高质量的竹资源，竹编工艺自南宋开始出现，至今仍沿袭传统，技艺的精细水平居各省前列。林苏专注手作各种竹编日常生活用品。大至吊灯灯罩、竹篓、菜篮，小至戒指、瓶套、杯套，产品放在与艺术家和手艺人保持长期合作的商铺里销售，收入目前尚可。

二人相识于茶道社团。林苏是社长，而海棠则是坚持到最后的老社员之一。她喜欢喝茶，为人又过分老派，性格使然。不知是什么因缘，林苏一见到海棠就莫名喜爱，私下叫她"小仙女"。

海棠抵达屯溪的那个雨夜，林苏开一辆旧雪铁龙去接她，在高铁站终于见到阔别三年的海棠。她拉一只黑壳行李箱，头戴原色平顶拉菲草帽，一件浅灰色细吊带双宫桑蚕丝缎面长裙包裹住瘦丁丁的身形，外搭一件同色系短款羊毛针织开衫，脚上登一双罗马凉鞋。看起来非常舒服清淡。臂弯里抱一大束自己亲手培育的绣球。她在受土气深的陶罐内用酸性土壤种植，花朵的色泽现出蓝色。若用碱性土壤，则会变红。但世上通常"辱花者多，悦花者少"。

帽檐下露出一张十分憔悴的漂亮脸庞。素颜，眼神忧郁，只在唇上涂抹一层漉湿的唇釉，色泽如食熟透的桑葚。眼圈现出青紫色，鼻梁和颧骨的皮肤上散布零星晒斑。林苏以前就开玩笑地指责过海棠不具备作为美女的基本素质，不会管理和经营自己的好皮囊，任它肆意发展，简直是暴殄天物。但林苏心里清楚即便给海棠换一张平凡，甚或所谓丑陋的脸，她也依然会是这种完全活在自我状态的神经质样子——一脸淡漠和疑惑的神情。这种情景扩展到她的网络社交账号，如微博、微信及Instagram，一张自拍都未推过。她疏懒于对个人形象进行维护，认为肉体的外相绝大部分作用于性吸引力方面，除此以外，别无他用。所幸林苏了解海棠背后隐藏的故事——那位从未露过面的被她称为寒山的男人。同时懂得海棠的善良和与众不同，仍愿与之为友。

她们在空间局促的机场大厅相拥，林苏嗅到海棠皮肤上散发出的小甜心香水味，那留驻在女孩与女人间的身体，确凿一半甜美，一半反叛。

晚上，林妈妈做了一桌浓油赤酱的黄山菜为海棠接风。这是一座巧妙精致的徽派老宅，天井下方的正厅里陈设雕花条案、瓷器、书法、铁艺画、木雕镜、八仙桌椅、西洋座钟及一张日常吃饭用的日月桌。海棠随林苏一家五口围桌而座，林苏按摆放顺序依次介绍盘中菜肴：臭鳜鱼、毛豆腐、火腿炖土豆、土鸡汤、肉片炒笋、蒸年糕、腊八豆腐、清蒸葛粉圆、银鱼炒土鸡蛋。酒是农家米酒。

介绍完，她又接着道："黟县这边烧菜口味偏厚重，我怕你吃不惯，就叮嘱我妈按清淡的口味去做，你尝尝还适应吗？"

海棠尝了一块鱼肉后，展颜一笑。

像这种"家人围坐在一起，其乐融融吃饭"的场景让海棠产生一种走错地方的感觉，她在日常生活里的常态是形单影只。

饭后，海棠被安顿在二楼的一间客房内。她拉开门边灯绳的那一瞬间就喜欢上了这个房间。一天旅途奔波，盥洗完躺在床上正准备休息时，门外传来敲门声，是林苏。

她端来一盘切好的西瓜走进房间，放在了床边的木桌上。

"现在可以告诉我，来这里的原因吗？"林苏坐在一旁的老布面沙发上，望向海棠。

"为了寻找故乡。"海棠淡淡道。

林苏的神情显然有些出乎意料，但很快语气平静地继续问她："你怎么知道它在这里？是有什么发现吗？"

海棠从笔记本中抽出一张照片递给林苏。说道："黄陂，就是我要找的地方。"

"你能够确定吗？"

"这是寒山两年前分别时交给我的，说也许这里有我想知道的答案。"

"你们之间现在还有联系？"

海棠沉默地摇摇头。

"我不会轻易评价一个人，因为我不了解对方。但是你不能再这样下去了，你会被他摧毁。"

"林苏，因为对他的怨憎，心中的天平开始混乱失衡，一度沉迷在伊藤润二恐怖残暴的漫画中。当我发现这种行为居然带来快感时，才意识到自我的匮乏感有多深。这些年我一直在回忆过去的总总，才恍然发现他不过是个普通人，与其他男人无异。但你要相信我会慢慢好起来的。两年了，我终于敢走出这一步，不是吗？"

"需要我陪你去吗？"

"你还不了解我。"

"那里离西川也就半个小时的车程，你可以慢慢找，不急。"

"好的。"

"晚安。"

"好梦。"

雨一直未停，似晚风吹打樟树叶的沙沙作响声。屋内空调的温度极低，海棠天生体寒，整个人蜷缩在被子里，手和脚透出凉意。她的真实情况比林苏猜测的还要严重，她患有中度间歇性抑郁症，已经预约了心理医师，回京后就要进行全面系统地治疗。

也许许多人都没办法客观地去评价自己——我是以怎样的一个形象出现在这个世界上。海棠做不到，但她从旁人的回馈中获知到三点：美丽、孤僻、古怪，这是她身上贴的三个标签。然而她的美因为没有血肉做根基，架空华美的外壳，所以随时面临分崩离析的危险。是寒山塑造出她的美，现在又在摧毁她的美，这个变化的过程简直残酷至极。

我从哪里来？父母是谁？生命的本质是什么？生活的意义又是什么？太多的不解积于海棠的心头，哪怕大部分愚惑皆归形而上的哲学问题。但于她而言，乃是切肤、棘手的生存要务。因她洞悉自己虽形式上积极踊跃地活到现在，却从未做过本质的自己。魔鬼一直在她身后发笑，她无处可逃，最后生了病。有时她会觉得在属于幻象的空间内，她毫无畏惧。但真实的尘世间，却总令她心有余悸。窗棂外的大雨整整落了一夜。

伍

黟县往西北行，缘章水而上，可见翠峰群山绵亘于前，锦绣铺排。山麓下现出一片村落，黄陂便隐于其中。

清晨，天儿终于放晴。海棠洗漱后，来到一楼的厨房吃早饭。由老木门板改造的餐桌上，放置一碟碟食物。有煎饺、小米糕、咸鸭蛋、清蒸玉米红薯块、酒酿红豆汤、青辣椒炒茶干丝。喝米粥时则佐以红辣椒酱。吃罢早饭，与林苏父母暂别后，坐上从西川开往黄陂的巴士。

车内狭窄闷热，满车当地人，她是唯一清冽的生面孔。身上的小甜心香水味融合着周遭汗液的气味充斥在她的鼻腔，她照旧穿一条卡其色细吊带双宫桑蚕丝缎面连衣裙，华丽裙面起皱打褶，有块地方还被车门刮住抽了丝。但她毫不在意，目光被车窗外的景色吸引，胸腔内体味到一种无法言说的沁凉。

汽车在盘山公路上快速行驶。一侧是被人工切割的陡峭山道，另一侧奔涌着湍急的绿波。越过波流，依然是山，延绵不绝地起伏，似没有穷尽。山中遍布茂密的松柏、竹林、杉木，呈现出满目绿意，与山脚下被河草染绿的波流交相辉映。令海棠动容的是，在她的记忆里从未贮存下这样一览无余的山川，谓之"千岩竞秀，万壑争流"。人应该在自然面前感到谦卑，感谢它不求回报的慷慨给予，而非为世俗之欲卑躬屈膝。入山，敬山。下海，敬海。做任何事都要心念"头上三尺有神明"，一味被欲所驱，与低级动物无异。

海棠游玩黄山时，背一卷《徐霞客游记》。她登上光明顶主峰，饱览远近群山，其松奇石怪，云幽月静，当之无愧于"薄海内外无如徽之黄山，登黄山天下无山，观止矣"的赞誉。海棠想起黄山画派其中一位代表人物——石涛曾为友人的诗稿配图八幅，名曰《溪南八景图》。彼时黄山还是一座私有的家山，主人乐于结交高人雅士，常邀他们来家中做客，一群喜好相投的人以真性情相见，聚在一起登山吟诗作画，成为后世的一段佳话。入丹青的古徽州之景，那些山峦、烟霞、树木、清溪、屋舍、田地、石桥，与今日海棠目之所及趋近吻合，丝丝入扣。她在央美人文学院学习艺术史，却一直对水墨画缺少真实的感受力。自小习见钢筋水泥建造的城市堡垒，视角日益变得凝滞和冰冷。人们的关注点除去物欲就是人，满目疮痍污浊。她不也如此吗？她又有多清白呢？

半个小时后，车子抵达目的地。

海棠走下车，见到一片宽阔盆地，四面环山，峰峦回互。唯有一条窄迂小路通向村里，一棵或或槐树长于村口路旁。这条小径将把海棠引入一座江村，从而接触另一番风光，另一种文化，另一群人。

热辣辣的天气，没有一缕微风。整个村子安静极了，偶尔才能看到不时骑过的摩托车和一两位白发佝偻的耄耋老人沿墙根儿蹒跚地走过。野生花草则热闹兴荣，从院墙内探出头。碧野中现出一座清代六角阁楼式结构的白塔，数只牛背鹭起起落落地飞过。大部分徽派民居被拆除改建成现代化的新式住宅，保存下的亦被荒置于野。村内尚遗留一座名曰"孝子桥"的宋代石桥，数座祠堂，及人民公社时期的旧屋。

海棠走过一座石桥，见妇人在河畔洗菜、浣衣，孩子们在河里玩水游耍。稻田里有水牛在觅食，一群家鸭从路旁"呱呱"地叫嚷着经过。还有养蜂的夫妇，搭起一座简易的蓝布帐篷，四周齐整地放置几十箱蜂箱。难得的是村庄内干净整洁，溪水清澈见底，沟渠里也无半点垃圾。

她从一只英国品牌的印花油布兜里掏出水粉盒和笔本，坐在一块石头上，戴上耳机听《沉没的教堂》，面朝田地开始作画。传说古时的伊斯城原是一座繁华之都，城中百姓却毫无信仰，只为贪图享乐。遂触犯神，整座城被海水吞没。为警醒世人，神留下城中唯一一座教堂，每年仅有一日，教堂于黎明时从水中升起，日落时再次沉没。

她在画面右上角写下文字：十七年后，我再次回到黄陂，依然什么都回忆不起来。只记得园子里长着一棵垂丝海棠。这里很美，听闻春天的油菜地比婺源的更美，但太过阒然无人知。就像在你心里，我的存在始终没有任何意义。无人了解这份情感的背后到底隐藏着什么——那是春天的反面，是绝对的贫瘠与荒芜。此后遇到再大的困境，也比不上当初你弃我若敝屣。

画本的封面上书二字——归魂。

海棠去村里的派出所查找当年被收养的相关记录。工作人员调出档案，十七年前她的父母因车祸丧生，祖母其后病逝，沦为孤儿，后被寒山收养。但更加详尽的细节上面并无载录，他们好意提醒海棠：“我建议你可以向书局里的汪老打听一下，他是这里德高望重的一位老者，对黄陂内的任何事都了如指掌。”

再去书局，又被告知：“他出远门了，一周后才回来。”

傍晚，她回到西川。独自一人爬到后山处的观景亭，绘下一幅夕阳中的西川全貌。依然在右上角如是写下：得知亲人的身世后，胃部那块积压很久的硬物开始膨胀，堵塞在胸口。没有食欲，喝到一杯很酸的酸汤子。这些年思念亲者的过程是内心的力量空了再蓄，每时每刻都要被注满，甚至让它满溢出来，一如思念着你。即使幸福这般细弱，也是我们这些平凡人的一生所求。那就燥胆抽肠，让时间给我们以结局。

晚上，林苏从工作室回来，领着海棠去一家僻静巷弄里的小酒吧喝酒。在北京，二人经常结伴去胡同深处的酒吧观看地下乐队的现场演出，参加音乐节。她们都爱听野路子民谣，震动于词曲间弥散出的那股苍凉洒逸的江湖气。林苏因此打趣她：啧啧，民谣可跟你的人设不相符，你怎么也得听巴赫、德彪西这类古典派吧。海棠喜欢林苏的幽默，自认为幽默也是一种才华。

林苏问道："今天收获怎么样？"

"寒山收养我的情况属实，我的亲人们的确都已经不在了。但我还想再去一趟，去找那株海棠树。"

"不管怎样，我都会站在你身后。当年在社团纳新活动上见到你，简直惊为天人。渐渐跟你接触久了，发现精美的躯壳内没有灵魂。我不在意你做什么，或选择爱谁，最重要的是你要先找到你自己。"

"近日在考虑是否去从事艺术治疗师方面的工作。关注儿童，尤其是自闭症儿童。因为我小时候一直不快乐，不合群，没有朋友。却喜欢一个人在家里涂涂画画，的确摆脱掉很多不开心的回忆。我相信任何专注的创作都能带给人心灵的疗愈。"

"这个想法很棒，多想无益，拿出行动力来。"

"是，我已经开始做了，为了心底那个说不出来，但需要表露的东西。"

接下的一周，海棠独自遍访黟县境内的各个古村。她的画笔犹如一台高配置的摄影相机，细致地搜索和记录下一切素材。屏山的葫芦井，南屏的古祠堂，宏村的月塘湖，卢村的木雕楼，木坑内的涛涛竹海，新安江上的篷舟……倦了就找一家冷饮店，坐在里面吃一碗加红豆、香芋的抹茶刨冰，有时饮一杯口感不正宗的酸汤子。幼年夏天，寒山经常给她带信远斋的桂花梅汤，后来家里的阿姨从同仁堂买来梅汤配料自己熬制。她回忆着方儿里分别有乌梅、山楂、甘草、陈皮、豆蔻、乌枣、干桂花。酸甜可口的滋味足可消磨夏日的热辣长昼。

然徽州的小点心她偏幸各种纸包酥糖——徽墨酥、桂花酥、墨子酥、顶市酥。食之唇齿间满溢出黑芝麻的香味儿。街巷里也有村民摆摊卖小而酥的梅菜扣肉馅儿的黄山蟹壳烧饼和油饼上压一块圆石的石头馃。她发现当地村民的一处生活习惯富有趣味。他们每逢饭点都会端着碗筷站在自家院门前，同左邻右里聚在一起边吃边聊。林苏的妈妈解释道："过去人们通过这种方式相互交换讯息，逐渐养成习惯延传至今。"

当然她也亲眼目睹过度宣传开发旅游带来的景况。许多游人慕名而来，怀揣"一生痴绝处，无梦到徽州"的唯美憧憬。他们可以居于青瓦粉墙的老宅内，夜晚睡木雕精美的架子床。晴天赏花，雨天观苔。食徽菜、品猴魁、听黄梅、爬黄山……受享一番细致入微的东方式的写意生活。尔后拍下若干照片，推送至微信朋友圈，藉以展现自己尚有"清远淡泊"的洒逸情怀。真实的徽州不是这个样子。它是一处被世人遗忘太久的地方，茕茕孑立，美得颓唐而孤独。这么多年过去了，它已不在乎谁还会记起自己。它沉迷于这种空阒和孤寂之中，享受它们能与天地万物共处的博大。

时间一分一秒的流逝，曾经埋于心田里的那枚种子终于萌芽抽生，徐缓渐进地正朝向一棵树的终极状态茁壮成长。毋庸置疑，她热爱这里，这是从血里来的爱慕之情。寒山的思维方式、做事风格及审美品位都极其西化，海棠因敏感地觉察到一种冲撞而深感痛苦，是自己对于寒山的冲撞。浓缩之，寒山需要精准的现实，而海棠的出离心使她倾向素朴的写意。海棠的内心世界是暮雨中，山亭下，一位独自撑伞离开的过客。

　　二十二岁，在寒山离开后的半年中，海棠做尽与他罗列的准则悖离的所有事。她纹身，抽烟、裸胸穿裙，去小酒吧喝烈酒，学跳热情奔放的弗朗明哥舞。她也看cult片、压马路、吃路边摊、扮cosplay、玩极限运动、接受年轻男孩的玫瑰花……她憎恶做淑女，孱弱的身体里天生有反骨，是个孤独的野孩子。起初，确实体验到解放自我的快慰。然半年后，她在镜中看到一个完全陌生的自己，像一只扭曲变形的怪物，这不是她。况且她也没有从放肆的生活里感受到多少快乐，外相的形式对她不起任何作用。

　　二十三岁，她无意间读到一首营造出东方意境的现代诗：

　　家住河畔，门对着渡口

　　每天船到江南，流离他乡却不忍写封家书

　　清风月明之夜，我想起家人

　　我这个浪子已经飘荡多少光年

　　离去时，家人再三嘱咐

　　在南归的鸿雁上，藏封家信

　　见到来往的船只，打探家乡的消息

　　和你一见倾心，一杯酒成为亲人

　　你从故乡来，知道故乡的事

　　你来的时候，花窗前的寒梅开了吗

　　红豆生在南国，秋天结满枝头

但愿你多采几把，这种红豆比人懂得相思

诗文作者是一位天竺来者，仿佛携带某项使命于人世间飘荡一回，遗下几句难解之语，留给世人思悟。海棠经由这首诗牵连出的因缘开始接触中华元典。空闲时的爱好转变成去位于琉璃厂的中国书店淘旧书，每日的功课必会临摹民国旧版的《芥子园画谱》，兼之阅读《淮南子》《道德经》《世说新语》《梦溪笔谈》《广群芳谱》《聊斋志异》等古世人遗下的文字。徐徐浸染中，她感受到身体内部被注入一种深邃而宁静的能量，如平静流淌的江水一般，源源不断，取之不竭。这股能量也最终推动她在二十四岁迈开通向自己的第一步。可见，她的反骨必然需要凭借独有的创造去宣泄，与此同时，饱受被其反噬的副作用。

去徽州前，海棠曾专门参观了一场克里斯托弗·伊沃雷个人艺术创作生涯的回顾展。空阔展厅内悄声流淌的古典意境，使她感到久违的宁静。

克里斯托弗出生于法国马赛，一生未离开过故里。他的作品在法国极为小众，鲜为人知，却被选入全球最顶级的专门经营架上绘画的画廊之一。展出的作品多为布面油画，没有题目，可见一切表达隐于画中。他不做宏大叙事，习惯对一些易被忽略的日常细节进行重复刻画，囿于花枝、陶皿、地板、布帛、建筑物中，不厌其烦。使观者见画中物多为身边再寻常不过的景物，头脑中产生审美共鸣后，从而渴望进一步深入了解画作本身蕴含的深意。客观印证了"当代艺术已走出了现代主义的宏大叙事和理想，代之以一个目前内在的、当下的经验主义默许的软共识。"

纪录片中的他，谈起自己的创作感受："都是从某个瞬间的灵感开始的，就是立刻触动我的东西……有两个色块特别吸引我，就是这样的粉色和黄色，于是我就从这两团色块入手，去表达那种触动我的东西。我想象着，幻想着，然后在画布上进行创作。有时候我会忘掉最初的创作主题，或者常常会剩下一些颜料，通过这些颜料，你也会发现一些东西，或者画布的结构。有很多东西可以探寻。以某种方式看来，对于画家来说，需要接触画作本身，或者是要有浓厚的兴趣。对我来说，它永远美丽。驱动我作画的正是那无限的可能性，那其中令人触动的情感。不假思索、完全通过纯感性的方式，或者说更接近本能的方式来作画，这就是行为……"

海棠对此深有体会。关于人类艺术活动的起源，情感表达是产生艺术的动因成为其中一条重要推论。普遍个性鲜明的创作通常源于创作本体的自发行为，其性质靠近信仰，并在此过程中获得过精神性的支撑与慰藉。当然也难避免其反噬的痛楚。但在艺术面前，海棠深感自己是位在审美格局上顽固不前的现代人，毫无古典的天赋。因人类早已知晓一切关乎本质的问题，现代人并不比远古人更具备智慧。个人的脑力认知永远存在局限性，所以对外从不谈论，以杜绝艺术专业带来的身份迷幻感。

海棠有时回顾过往经历，认为始终做得还值得被自己认可的两件事：从不自卑、自负、刻奇，兼之保持学习的态度。因她发现能够带给自己恒久慰藉的，一直是美的事物。人，不足为提。

陆

一周后，海棠再次前往黄陂，如期找到那位在书局工作的汪老。他自幼酷爱读书作画，退休后着手整理凤昔史志，手绘黄陂地图，聊以度日。

海棠随汪老走进一座荒败废园。因年深日久，院内芒草丛生，石阶上布满青苔。木梁倒于一旁，窗棂脱落，木桩上悬挂的旧匾残联，风化斑驳至无法辨认。一株垂丝海棠长于园内一隅，花期已过，剩下丛丛绿叶堆在树冠上，显得无限寥落。旧日这里，名唤"培筠园"，曾是一位南宋官员的府邸。园内坐落太湖石假山，取其"瘦漏绉透"的特征，为赏石之绝品。四周遍布茂竹松柏，池塘内饲肥硕鲤鱼，廊下传来画眉鸣声。相传官员友人前来造访，沉浸于此地美景，故做下一首绝句诗，官员命匠人将之刻在石碑上，诗曰："万仞巍然叠嶂中，泻来峻落几千重。森森桧柏松杉老，又见黄山六六峰。"

汪老在一旁道："当年你父母在外地工作，暂时把你托付给奶奶照看。我记得那晚下了一夜暴雨，他们为给你过生日，连夜从外地赶来，不幸路上遭遇山体滑坡，车子被石块压在下面，唉，他们二人连同司机没有一人活下来。你奶奶年老体弱，经受不了这场打击，半年后就过世了。"

海棠闭紧嘴巴，沉默地听他言。

"奶奶经常带你到这里玩儿。她去世后，你就每天呆坐在这棵海棠下。第二年春天，来了位叫寒山的青年，他过来给外婆上坟，咦，就在那座山头上，谁会预料到他下山后却在园子里遇见了你。凑巧的是他外婆的小名也叫海棠。这大概就是命吧，谁会遇到谁，不是人能左右了的。"

半晌后，一串泪珠轻轻地从海棠的眼角滚落下来。是的，她回忆起了全部，七岁之前的全部记忆。她终于看清故去的亲人面庞和十七年前寒山的脸。

十七年前的那年春天，寒冬过后，万物复苏，自然界的春色由淡变浓。三月初，村子里的油菜地已是一片金黄，蜜蜂的嗡叫声几乎掩盖掉田地旁边沟渠里的溪流声。长时间无人照料的海棠，长发打结地缠绕在一起，面色发污，指甲缝里塞满泥垢，身上的衣服更是脏破不堪。唯有那双眼睛，如从林中流下的山涧般清湛透亮，尚未沾染一缕世俗的烟火。幼小的她无依无靠，不哭不语，一个人在村中游荡。

直到清明节的那日午后，她在细雨中看见一个男人。他穿了件干净整洁的白麻衬衫，整个人身姿挺拔地站在她面前，伸出手替她拭去额上的雨珠，语气温和地问她："你知道这棵开满红花的树叫什么名字吗？"她木讷地摇摇头。

他继续说："那你可要记住了，它跟你的名字一样，叫做海棠。

垂丝海棠。"不知为何，她突然间展颜一笑，仿佛一道彩霞突然出现在雨后的田野上。

男人震惊于这不应该出现在孩童脸上的笑容，艰难地开口道："海棠，你愿意跟我走吗？"

寒山骤而间的抉择彻底改变了海棠的人生方向。如果他没有带她离开，她也许一辈子将困守在这个偏僻宁静的小村里，成年后早早结婚，生儿育女，最后再一点点地步入生命的虚无。他明明是一位在炎热夏季都会在夏布衬衫里穿一件白背心的稳妥清白的男人，因为自己的一意孤行却收养了一个性格乖僻的女童与之相伴度日，这是他一生中最疯狂且严酷的一次冒险。

十七年后，从女童脱变为成年女体的她依照记忆中的轮廓在画本上绘下一株开繁的垂丝海棠。忽尔间一时难言，千言万语不知从何说起。海棠一直希望自己的记忆是旧的，心底那处静谧地，来来回回一直是那些人，即使再旧，也不舍得将他们丢弃。她不愿再有新的记忆，因为她穷其一生再也找不到与他们相仿的人。

她在画稿的右上角写下：海棠的花语包含两层意思。一是游子思乡，二是无望的苦恋。我把它纹在身上，为了提醒自己不要忘记——我是一株长于徽州土地上的海棠，而非培育在都会温室里的空幽兰草。这是我的源起，生命故事的最核心。你看到这些，就不用再试图了解其他。不会再有其他的故事，不会再有了。

是从什么时候开始，她对寒山的情感发生了本质的变化。或许从一开始，在她尚未萌生性别意识的童年时期，就已将他看做一个男人。而其他人，无论男女，依然是混沌而模糊的，唯有寒山那么清晰鲜明的存在着。

海棠十七岁时，单身多年的寒山正式交往了一位女友，对方是某家外企高管，家庭学历工作背景无可挑剔，从外人的眼光去看，二人才子配佳人，完全是天造地设的一对。那时海棠的学业沉重，不以为意，只是渐渐发现秋婷不太对劲，见面时看起来总是一副神不守舍的样子，像丢失心爱玩具的无措的孩子，全然不见平日里的谈笑风生。

终于有一天，海棠从画室下课回家，接到秋婷打来的电话，手机那头泣不成声。海棠赶去后海的酒吧，见秋婷踢掉高跟鞋，趴在阴暗角落里的丝绒沙发上，一个人默默流泪。海棠坐到她对面，不知该如何安慰她，只觉内心突然间涌起一阵噬咬般的痛感，但很快就消失不见了。

"你喜欢他，是吗？"海棠开口道。

"我上大学时就爱上了他，他是建筑学客座导师。很可笑吧，暗恋他这么多年，为他做尽各种事，却不敢告诉他。"

"你至少要让他知道，在这里偷偷掉泪有什么意义？"

"我向他表白了。"

"我猜他应该很委婉地拒绝了你。"

秋婷苦笑一声，道："这不是他惯常的手段吗。"

"其实你没必要这么伤心，他根本不喜欢那个女人，他只是很寂寞。"

"我知道，正如他永远也不会爱上我。在他身边工作这些年，他谁都没有爱过。"

"他不是那种会随意钟情哪个女人的男人，也没兴趣跟她们暧昧周旋。你表达出自己的感情，已经足够，至少无愧自己的心。"

"女人总易陷入自导自演的幻想中。"

"那就用现实打破它。"

"我已经递交辞职报告。容我再放肆一回，以后的时间要为自己活着。"

"恭喜你。"

"你从小就有着大人一样的眼神，行为举止也是。海棠，你要学会做一个小孩子，否则快乐感会越来越少。"

"我知道，谢谢。"

"不过你那么好看，将来应该没有男人舍得让你伤心吧。"

"太硬的女人不讨人欢心，而我又硬又丧，将来只会比你现在更惨。"海棠语气自嘲地说完，不知为何，瞬间想到寒山来。如果自己不是他收养的孩子，他也会如对待秋婷一样对待自己吗？她其实心里早已有了答案。

秋婷辞职半年后，寒山向女友提出分手。海棠冷漠地旁观这段成年人间的感情，如一场闹剧般迅速收场。她心里清楚，寒山不会再轻易交往任何女友了，因为这种排遣孤独的方式只会使他愈厌恶自己。至少在每一段感情关系中，彼此都需守住精神和身体的忠诚。这非违背人性的捆绑，而是一种最基本的信任与交付。但现实如一记重拳，将他的情感观击溃得支离破碎。

海棠从黄陂返回西川后，没有吃晚饭，洗完澡，就把自己裹进被中，睡觉能让她暂时逃离现实的困境。意识迟缓，心率过快，她在床上辗转反侧，某一瞬间几乎被一种灭顶的黑暗吞噬。她心里清楚自己的病症在加剧恶劣。然而这些年她才慢慢懂得一个道理：孤身一人，无欲无求，不会让人觉得孤独，而是心中怀揣无处安放的情意才倍感孤独。

迷迷糊糊地睡去，混沌中看见一个男人，他正轻轻地抚摸她的脸颊，肩头和手臂，就这样，一遍遍地轻柔地抚摸她。已经二十四岁的她从未经历过爱情，感受过来自成年男性双手的触摸。从少女时代起，她就一直规规矩矩地穿白棉蕾丝内衣，上面无任何花俏的装饰。牛奶肌肤，薄薄肉皮包裹细细的骨，鲜嫩多汁，脆弱敏感，一碰即碎。毫无成熟女性饱满的热度与触感。但她的这副身躯，对那些在性关系里，将欣赏把玩排第一位，发泄性欲置于其后的男人才会具有吸引力。

他明明可以经验娴熟地继续深处，做此刻从脑海中闪现过的所有细节。她不会拒绝他。仿佛她的身心就是为了解渡他才幻化而出，必将从始至终仅属于他一人，给他生儿育女，将来伴他入土为安。唯有他可以做自己的情爱启蒙者。但是他没有，不知道为什么？是怀疑她心灵的清白吗？还是他其实对她从未起过哪怕一丝的爱意？海棠从枕梦中惊醒。

她从小就直呼寒山其名，二人缺少合理的亲昵的肢体接触。他始终站在理性的距离，与她进行成人式的交流。正如，他会说，男人精神的深度，彰显的应是人生的阅历，胸怀的宽广；是进则天下、退则田园的进取与淡泊；是舍我其谁的态度与责任；也是面对世事变迁、生命无常的淡定与从容。十七年来，寒山的确用自己的言行无时无刻不再践行着这些人生原则。在海棠心里，他向来是位值得被信任的成年人。

大概不会再有另一个男人会向她描述一座城市的建设规划和布局走向；不会告诉她这栋建筑物的空间设计不合理，平添出过多的能源浪费；也不会说为护住树上的鸟巢，最后留下那棵承载着生命的绿树……其实很多事都不足为外人道。因为他不是一件摆放在百货店里用来修饰和炫耀的华服，他仅是一件充满故事的素衫，被她小心翼翼地收藏在心中，吝啬地不愿将他示人。她熟知衣领上每一处细密的针脚，袖口磨损处的纤维质感。她觉察那些鲜为人知的好和不尽如人意之地。不管怎样，都是无法被复制的唯一。因此当寒山离开后，一座被他亲手建造的丰碑便坐落在海棠人生的路途上，大抵没有人可以跨越它。就像当你日日与有清气的人为伴，此生哪怕一人，亦没办法再去将就污浊之人。海棠做不到清入浊出。

寒山离别前对她说过的最后一句话："我不会伤害你。"

柒

二十一岁那年夏天，放假在家的海棠被寒山带去跟他的一对大学好友夫妇吃晚饭，地点在位于五道营胡同边的京兆尹。它由一座四合院改建，院中种细竹。服务人员穿青色棉袍，玻璃天井下方有年轻女孩弹竖琴，氛围氤氲。寒山喜欢干净精致的食物和环境，否则他会感到不放松。放松的事对海棠来说，往往是在护国寺小吃店里吃个焦圈，喝碗面茶儿那样简单。

那天，她穿手工露肩白麻上衣，白长裙，衣料边缘因缝制时未收边而起毛毛一层须。脚踝处松绑着白蕾丝穆勒鞋的细带子，窄肩挎一只米白色细带柞蚕丝圆形手包。雪白素脸，仅于唇上搽蔷薇色唇釉，清爽的模样更显得青春溢溢。

海棠注意到餐桌上多出一套餐具，她也没有多想。四人落座不久，就见一位女士姿态怡然地朝这边走来。

对坐的夫妇二人热络地站起身去迎她，寒山却一脸漠然地坐在原地，显而易见，这是一顿鸿门宴。不过她是谁？海棠自忖着，于是开始仔细地打量起对方。

来者年龄应有四十多岁，中分长发，相貌平平，脸上有淡妆，鼻梁上架一副金丝边圆形近视眼镜，颈上戴一条白金钻石细链。身形适中，穿一件做工考究的白色连衣裙，搭配白色系扣中跟凉鞋。指甲修剪得干净圆润，手上提一只Hermes[1]手袋。上下行头，手袋反倒是最不经意的用品。海棠默默垂下眼眸，心想：品位倒不差。只有手头有限的人才会着意看重包，而非衣履与饰品。

她微笑着坐下，对寒山说："还记得我吗？寒山。"

"嗯。"寒山应声道。

她耸耸肩，脸上的笑意更甚。余光瞥见坐在寒山身旁的海棠，饶有兴致地问："她是你收养的那个女孩吗？"

"您好，我叫海棠。"海棠礼貌地对她说。

"你好，陈秋。"他微笑着说。

海棠心中突然间涌起一种不能再继续窥探的预感，她忽而问："你是寒山的初恋女友吗？"

"真聪明。"她笑意盈盈地道。

一对故人久别重逢，各怀心事，一顿晚餐吃得食不知味。海棠从未见过寒山如此克制的样子，极力掩饰眼神中流过的悲伤。他在自己面前一直扮演一位坚不可摧的大人，大概只有在陈秋这里，那张玻璃假面才会被打碎。

晚上，海棠洗完澡发现寒山还坐在沙发上喝寡酒。她端了杯蜂蜜水放在茶几上。突然间，她的手腕被寒山紧紧攥住。

"海棠，海棠……"他就这样一遍遍地神志不清地唤着她的名

---

1 爱马仕，世界著名的奢侈品品牌。——编者注

字。她坐在他的身边，凝视着他的脸。

她对寒山的感情始终没办法确切的形容，她爱上了他，这多可怖和荒谬，她怎能爱上他呢？这是一种人性与道德之间的残酷抗衡。她习惯压抑内心感受，没办法向他表露自己的身心对他的渴慕。因此进行自我麻痹，便掩耳盗铃地以为自己可以真的不去关注他，想念他，甚至能够离开他。因为她还年轻，她有时间去寻找或等待另一个人，一个不会让她感到这样难过，为她付出更多的人。

海棠对阐述男女方面关系的书籍无感，但读过《物种起源》《道德动物》，了解两性间的生理差异导致情感需求上的千差万别。女人的身心结构致使性需要架立在感情的基础上，她要为自己的后代寻找一位强壮有力的保护者，这是一种天然纯粹的本能。当她倾慕一个男人时，自身发出的荷尔蒙能量会使她整个人变得脆弱且柔软，愿与之长相厮守，为之生儿育女。

寒山这时伸出手抚上她的脸颊，道："海棠，我想知道你里面穿的是什么？"

情欲在他的双眸和幽暗的心中荡漾，海棠心里划过一丝嘲讽的笑意。她在嘲讽谁，寒山还是自己？她分不清，但愿意跟他做爱，不过是脱掉一件睡衣的事情。偶尔夜阑，她躺在床上，因为心中对他泛起的一阵高于一阵的爱意，感到腹部又沉又热，身体的欲望在每一根血管中呼啸地奔淌。她沉默地渴望他太久，他的气味、皮肤、鬓角、喉结、双手……这些组成他身体的全部物质。她的胴体不再清白，沦为爱欲之神的傀儡。执着于一种自我编制的色相中，牢固不可破，久久耽溺，不愿清醒。

但另一方面，她内心的女性意识又不允许她完全丧失自我地去依附某个男人。她不会跟一个失去思维意识的男人发生性关系。如果不慎怀孕，该如何，她不会去打胎。更重要的一点，他是否爱着自己，还是一时情难自禁的欲求。许多问题缠绕住海棠的思绪，使她现在没有理由不拒绝他。

她道："你醉了，寒山。回房间睡觉吧。"

"对，我醉了，明天你还会像现在那么美吗？呵，明天？还有明天吗？"

寒山眸光自下而上，晦暗地望着她，没有再继续纠缠，起身回去卧室。后来海棠才意识到，这是十七年来，寒山对她说过的唯一一句夹杂着暧昧意味的话。不管出于何种目的，自此以后，不再有了。然而男女关系间的微妙之处在于，女人通常自认时日长久，关系可以慢慢培养，并不急于一时，但对男人而言，可能一次不愉悦的经历就会使他彻底丧失兴趣，不管对方如何美丽都无用，瞬间的感受力对于男人有致命的吸引。

再后来，海棠回想起当时的自己，胸中涌起一阵讥讽笑意。如果时间倒退至那个夜晚，她不会拒绝寒山的邀请，不如通过身体去感受他对自己的情意是怎样，毕竟这是他唯一不能躲闪和伪装的时刻。性不过是发展和检验感情的一种直白的方式。成熟的情爱观，"性是爱的基础"。

时间追溯到二十多年前，曾有一个女孩给过寒山几近致命的吸引，他的舟帆穿过千万重山河，最后停泊在她的渡口。

上个世纪九十年代初，寒山二十岁，建筑系大二在读。偶然在校园内看见一组展出的绘画作品，作者是一位数学系女孩。他在介绍栏中见到一张黑白照片，女孩穿翻领白衬衫，扎马尾，下巴尖尖，戴一副细边近视眼镜，满脸书卷气。姓名处书清秀二字——陈秋。

他在那组画前流连忘返。绘物是两排金黄琉璃瓦、朱红壁漆的紫禁城院墙，针对同一个物象，作者运用不同的绘画表现形式，如印象、表现、超现实、立体、波普……续连创作出六幅。他的内心被这个女孩的才华深深触动。她透射出的神秘感，如一座曲径通幽的雨中庭园令他为之向往，渴盼一探究竟。

他开始动用自己在校内的关系网去接近陈秋。他们慢慢有了接触，开始约会，再逐渐确立情侣关系，一切顺畅地简直水到渠成。陈秋是校内拥有名声的才女，性格开朗，聪颖好学，能诗会画，在人前有强烈的表现欲。如果一个男人开始沉迷在女人的才华里，基本上再难从中跳脱出来。因为才华本身稀少难得，而且持久坚固，越酿越醇。

两年后临近毕业时，寒山考取留学德国的全额奖学金，心里早已做好向陈秋求婚的打算，因为他深爱她，陈秋让他第一次体验到什么叫做整个生命的满足与圆满。他要把她变成唯有自己能够开垦的土地，种下秧苗，灌溉施肥，让它成为金色的稻田。他愿将自己一生的时间与精力耗费在这片土地上，死后亦将埋葬于此。这份"农耕社会般的单一需求"几乎贯彻他的半生。男人在情感方面的思维其实很简单，凭直觉只取所需，有的多情，沦为浪子；有的挑剔，成为所谓的洁身自好的"君子"。

然而，他无法预料的是，一场灾难性的变故正在极速地迫近自己。

那日清晨，一则丑闻在校园内迅速传开。源起是在校宣传栏上被人贴上手写大字报，上面曝光本校内的一位女同学在给某位知名画家做模特期间，二人发生不正当男女关系。因为她的介入，激化了画家夫妇间的情感矛盾，最终导致他们婚姻破裂。而丑闻的中心人物就是陈秋。

那段时间对寒山而言，是他有生以来最煎熬、痛苦的日子。仿佛一位被扒掉所有遮羞衣物的人，赤裸裸地立在众人间听他们指点议论，尊严遭受唾弃和践踏，价值观濒临瓦解的边缘。

深夜的操场寂静无人，陈秋席地而坐，沉默地抽烟。寒山站在一旁，仿佛一夜之间，陈秋披上另一张画皮，已不再是昨日的她。他爱着的那个女孩被她藏到了哪里。

他愤怒道："还有多少需要隐瞒我的事呢？"

"那已经是过去时了，纠结过去有意义吗？"

"那你告诉我什么才是有意义的？"

"是，我的确在高中时代跟一位画家关系暧昧，那是因为我热爱艺术。我把自己的青春奉献给艺术有错吗？"

"他教的你画画？"

"对，他教会我用另一种视角去观察这个世界，我很感谢他，我并没有什么错。他跟太太之间的关系本来就不好，离婚是迟早的事，有没有我都一样。"

"你是想让我原谅你吗？"

她掐掉烟头，站起身，拥住寒山："我没有企望你会原谅我，我太了解你了，寒山。你积极向上，自尊心太强。但力的作用是相反的，你有多自负，就会有多自卑。不能活得轻松一点吗？"

她继续说："人性跟道德之间本就互为天敌。而我从来都不在乎这些，我只做自己。不管此时'人言可畏'到什么地步，最后都会随时间散去。"

那夜后，寒山就没有再见过陈秋。直到在德国留学期间，才听到关于她的零星消息。丑闻曝光后，她就退学了。后托那位画家的关系，去往佛罗伦萨读艺术。他没有想过自己会去找她，当时爱有多深，憎恶就有多深。那些时不时涌上心头的负面情绪几近将他击垮。漫长时间最终使曾经血淋淋的创面逐渐愈合，但依然留下一条发出青霉的疤痕，偶然间仍会隐隐作痛。

直到几年前，他在一家私人美术馆里看见专门为那位画家展览的系列作品。在一幅布面油画前，暗蓝色飘着大雪的夜晚，一位穿黑大衣黑筒靴的女孩独自出现在公交站台。那个女孩有着跟陈秋别无二致的尖下巴。那一刻，他才真正地谅解了她。她依然是那座落雨的庭园，佳木葱茏，奇花争妍，兀自繁盛与萧索，完整无缺，仅属于她自己。他在原谅她的同时，也意味着放过了他自己。

二十多年后，他们再次相遇，平和相交淡如菊。陈秋依然是这个世界上最了解他本质的人，他不需要伪装，也伪装不了，这样的关系处境是他从未预料过的，世情的幸与不幸很难明晰地分别出来，无所谓好坏，也没有好坏。

其实那晚他没有喝醉，如果他真醉了，定会一意孤行下去，一如十四年前。只是陈秋的突然出现，让他狼狈地直视自己刻意蒙蔽的内心真相。如今的海棠早已不再是那个浑身脏污瘦小的七岁女童，她从一棵青嫩的幼苗蜕变成一具香草女体，心怀花月情根，散逸着清凛芳香。如果她是位流俗女，他不会受其诱惑。但寒山出于一种毫无意识的男性本能，倾尽关注和心血，将她造琢成自己理想中的女性形象——外表清冷端丽，内心玲珑剔透。一个透射出思想气息的生命，暗暗闪烁着冷翠幽光。作为一位身心健全的成年男性，没有人会拒绝海棠。即使她离经叛道，也会被原谅。人性这般赤裸坦荡，逼使他看见自己体内那头被圈禁的困兽，正一声声竭力地嘶吼着待要挣脱牢笼，奔向幽深清凉的芳草林。

他爱海棠吗？以一种男人对女人的感情。他可能说不清。因为他们是彼此的亲人，他不忍心伤害她。她还那么年轻，要去与明亮帅气的男孩恋爱，享受真实可触摸的爱情。或者她应该遇到二十岁的少年寒山，而非此时此刻的他。

海棠穿白衣，步调轻捷地走在前方，在夕阳的笼罩下，背上一对高耸的肩胛骨若隐若现，荡漾开一种难以言喻的清灵。寒山走在后面凝望着她。他忆起很多年前，自己也曾这样凝望过另一个女孩，他忽然间眼眶发热。虽然世无可避，如鱼之水、鸟之林，却仍祈愿眼前这个女孩许多年后还能如此漫漫天真。这么多年他无不在给她建造着一个以美的标准作为生存空间组织架构的世界。

他想起海棠幼年时，自己读叶芝的《为小女祈祷》时，与这位浪漫诗人有着一致的心愿——愿上帝，赐她美貌，美色令人陶醉，令她对镜自怜。但不宜她太美，甚至自满，丧失天性的善行，坦诚的真情。无法择友，以致孤独。

或许连寒山自己都万万没预料到，多年以后这些诗句全部一语成谶。

陈秋谙悉他的情感处境，对他说："我建议你可以接受去大学任教的邀请，分开是目前最合适的选择。"

"如果当初我们结婚，可能一切都会不一样了。"

"寒山，那我问你，你还爱我吗？"

寒山沉默地望向她。

"你看，很难回答不是吗？不要再纠缠过去，每一天都是新的。你会遇见谁，发生什么事，都不可预测，那就敞开胸怀地去面对。"

"在你心里什么最重要？"

"艺术。你呢？"

"感情。一直以为建筑对我来说是最重要的，但真正伤害到我的却是感情。"

陈秋听后，顿了一下，道："我很抱歉。"

"不，是你让我尝到爱的滋味，快乐与痛苦，都是一种生命过程的体验。你不需要说抱歉。"

"那海棠呢？"

"她触动过我，没有人会忍心拒绝她。但是她太幼小了，还需要独自经历很多事情，去开垦自己的宇宙，我不能再干涉她。"

"你会答应那个邀请，不是吗？"

"对，时间会告诉我们一切。"

海棠在寒山离开的那一天，坐地铁去往景山。这是她第一次来京，寒山带她游览过的地方。当天恰逢初雪，园内游人寥寥，益发显得旷静。她站在故城中轴线的最高点，身后的万春亭供奉捏花垂目的镀金佛像，身前便是那座笼罩于沉沉雾霾中的紫禁城。当年寒山对年幼的她讲过的故事，至今仍历历在目。

他曾言："公元一六四四年，明崇祯帝自缢于山下的一棵歪脖槐树上，旧朝灭亡。至清时，每逢重阳佳节，皇帝会携嫔妃亲眷来此登高远望，食重阳糕，饮菊花酒。不过相去几百年。世事无常，聚必有离。所以我们要珍惜与每一个人的相遇。哪怕一花一木，也要懂得珍惜。"

临近傍晚，小雪才渐停歇。不时落日现出云层，橘黄余晖遍洒在眼前这座气势恢弘的古建筑上。使她忆起寒山喜爱的那句宋词，出自秦观的《满庭芳》："伤情处，高城望断，灯火已黄昏。"

海棠捧起一团白雪，只觉冰凉的脸上滑下一股热流，却不知流泪了没有。

最后，她还是轻描淡写地目送寒山离去，不再挽留他。只是感察到自己的身体被一股裹挟着破坏性的庞大力量撕成碎片抛掷出去——头发变成森林，眼睛变成星辰，嘴唇变成火山，血液变成江河，骨骼变成山峦。绝望的爱意把她的躯壳分解成无数微毫的粒子洒于广袤天地间，他此后看到的一切，亦都是她所幻化的一切。

曾有那么一念，海棠的确想毁掉自己。因为寒山从未相信过，她能够独守一座空城，与草木花苔、稻麻竹苇度尽一生。此后的她，时常立于日光下，人潮中，想象能够彻底消失的无穷种方法。她双目中印照的天空是一片巨大的海，人群幻化为成千上万条鱼，自己却融成一粒海水滴。摇摇欲落的身体在下坠、蔓延、吞没……仿佛世间没有比消亡更自由的事。

捌

在海棠即将离开徽州的最后一晚，她告别林苏一家，再次来到新安江畔。深夜，一轮张若虚的圆月挂在空寂的夜空中。她仰首望向这轮明月，恍若间似看到自黄色月光中缓缓划出一芥孤舟，孤舟在大海中漂浪，最后泊于一座荒岛。岛上生长着一棵参天红杉，一只夏蝉正沿笔直的树干向上爬。树叶一片一片从它身旁飘落下来，但它仍无畏无惧地往上爬……

她从印花油布兜中掏出画本，整整一大册描绘徽州景致风物的图画记录。翻至最后一页，蓝黑色的江河深处现出一具洁白的裸身女体。她的身姿宛若一条人鱼，畅游于碧幽山水间。

画页右上角的一排字记述——如果你问我，情爱究竟是什么？若在以前，我会告诉你：它是虚无，是镜花水月，是想触摸却又收回手去。因为我不曾爱过谁，或说在情爱面前，我是个对它怀有畏惧心的弱者。于是只能冠冕堂皇地寻找一些空且美，暧昧又深刻的词去阐释它。那么现在我会说：它是给予与接纳，是身与心之间密不可分的交融合一，更是彼此间的信任与坦诚。

也许旧日，他们曾在油菜漫地的时节相遇；他们共眠过同一张雕花架子床；她目送乘载他的篷船远去；她等待他，白了少年头，贞洁化为一座高高的牌楼……过去不可追溯，此时亦是杂芜。但你知道，她就在那里，用一种古老的方式爱过他。

海棠立于江畔，褪尽身上的衣物，跳入水波粼粼的江中。

从幼年起，海棠时时能够听到旁人惊赞于她的美丽。唯有她清明地知晓，自己其实至为丑陋，不能被细究。因有一个伤痕累累，无法直视太阳的灵魂，于是本能地抗拒他人的靠近，畏惧被探查到画皮后的形貌，仅是一缕月光投射于尘寰间的黑影。明明是件艺术品的她，一生却在困扰于如何成为与大多数人无异的"正常人"，而非将自己的独一性开掘至竭。

世上真的有桃花源吗？

世有桃源，无疑是成人世界里一个唯美的童话。人们渴望拥有一片永恒的故土，可以在困倦迷茫时，获得母爱般的慰藉和休憩。它更多的源于一种内心的昭彰。

但如果人们不失赤诚心，相信依然能觅寻到通往它的其他路途。那应是一种心灵的回归，以及对于土地和自然的最深沉的敬重。

"你应该在这个黎明和每一个黎明，从乡村的睡梦中醒来。你的信仰就像循规蹈矩的太阳在呐喊……"

后记

从松隐观回来的香客都会津津乐道——观中不知何时来了个神女似的仙姑。即使用子午簪和混元巾高挽起云鬟，穿一件藏青斜襟道袍，白高筒袜子用带子扎紧，足上一双云游十方鞋。也无法遮掩她那张美丽的颜貌。

古时有位帝王，在山中游耍时邂逅采梅的神女，见之回眸一笑，心魄荡漾，自此夜不能寐，甚愿为之倾尽江山……像这种旧日戏本里的绮丽故事，当人们看见那位姑娘时，倒真愿意信了。

妙玉的判词："欲洁何曾洁，云空未必空。可怜金玉质，终陷淖泥中。"这是红颜难以更替的宿命。即使具备金玉一般的秉性气骨，仍会因这副好皮囊被爱境牵缠，难脱尘俗。其实百年后，不过一具红粉骷髅。

山下的人背带香烛和鲜花上山来，立在神明的塑像前一边面流浊泪，一边口中呢喃"人世间的各种苦"。下山后，又袞袞沉浮于世海，一分苦也未少吃。

"漂浪爱河，流吹欲海。沉滞声色，迷惑有无。"每当凡心炽动，她会翻开经文来抄读。一卷卷的小楷，抄到抬不起手腕方止。又或独坐崖边看烟霞，面朝丹峰度半日。山中日子清简，一晃已历数载。直至一年冬日，她与一位敬慕的长者站在廊庑下看雪，他忽道："过去你用美的事物去度化自己，现在又寻求空的方式，其实这些对你来说都无太大的意义。情缘心过重必然受到世俗诸事的牵连，逃避不是解决之道，你会离开这里。"

她问："我想请教您一个问题，爱到底是什么？"

"它在每一个人的心中，是不会让这碗清水枯竭的供养。"长者如是回道。

又一年海棠开繁的春天，微雨的一日，她见朝拜殿前静立一位男人。背影因经常运动健身，显出阔实流畅的肩膀线条。仅一眼，她便潜然泪下。此时男人转过身来，彼此静默地对视中，空中的云图正在迅速地流动，仿佛他们此生注定要在当下的时空遇见，这是不可抗拒的必然。

记忆是湿的

化为斑斑青苔

彳亍且柔软

吞咽下一颗流星

心脏变作火种

照亮混沌中的荒野

若不在此刻

不在此时

相会于此

我们定然前世无约

今生无缘

待风起时

雨归来

火种熄灭

心脏重落胸腔

记忆恢复干燥

它仍然宁寂

仍然清洁

　　没有人忍心捅破她见到的一切皆是心魔施展出的幻术。她永远等不到那个人。他不会再归来。

　　那个人梦见上述画面时，惊出满身冷汗。当日动身回国，却被警方告知，近两年她罹患间歇性抑郁症，自前夜消失于新安江边，就再没发现她的行踪，连尸体也没有找到。他听后悲痛欲绝，方想起自己未曾对她说过："请你等着我。或者，我会等着你。"

生命的漫漫长路，何其孤寂，何可攀援。彳亍难行时，回望前路，别说有人等待，哪怕连一抹青黑色的幽魂亦无。因为爱他，她无法再爱他人。她太寂寞了，他却连她唯一用来释放爱意的出口都严实地堵住，故而熄灭她心头的最后一盏灯。生死与离别孰轻孰重？她觉来是别离。

《归魂》绘本扉页处如下所写——谨以此书，送予我的隐秘爱人。是不愿告诉他，其实与他相处的每一刻，都如美人鱼在陆地上行走时感受到的疼痛无致，虽然我在舞，在笑。幼年读《海的女儿》，儿时的我会选择把匕首插进王子的胸膛，但现在，却愿意如她那般跳入大海，化做泡沫。即使这是一场用爱和善意包装外表的欺骗，我仍愿相信爱与善。还记得那位身着华服漂浮于湖水中的奥菲利亚吗？或许未来，我会成为她。请原谅我。

最终，她确凿将自己的肉身与性灵融化于山光水色中。所有人之于情爱，一律平等，毫无例外。这是她自己的选择，无关任何人。其实没情也行，如果她是位及时行乐者，也许仍能囫囵度日。但她无法为之，到最后，一切凤缘，终成因果。

从始至终，她都一直襟怀古典的英雄主义在前行。对真善美，对文明，对感情……渴望坚守住对它们的初心，复还最本真的面目。即便这种坚守的姿态近乎蒙昧。事实上，她妄想守护住的绝非某个人，某个事件。能击败她的亦非某个人，某个事件。那是一种自我价值观的彻底摧毁，将幽魂以温存的手法凌迟。

一抹倩影立于新安江边，淡言道："海棠，在这里安睡，还会感到寂寞吗？"

　　她回忆起第一次遇见海棠的那日，在社团纳新的活动现场，见到穿行于熙攘人群中的一位女孩——身穿祖母绿古着连衣裙，领口处别一枚YSL七彩宝石胸针，足蹬一双Miu Miu[2]旧版的玛丽珍中跟皮鞋，手中拎一只手工刺绣珠包。卷曲青发覆于背，一张拉斐尔前派的面孔。十七年来，她扮演的角色是位从旧时光走出的古典少女，源自一组中古的奇幻基因排序。她表演得恰如其分，令人深信不疑。霎那间，却落得青灰白骨长蔓草。

　　她蹲下身，从衣兜中掏出打火机点燃一张从观中求得的符语，其上日：辞别尊灵去，华堂再不逢。今宵道场满，送灵上南宫。向来召请亡魂，行则行、去则去，这回不必再迟疑，阆苑蓬壶别有天，此间不是留魂地。

　　如果海棠能够心怀善念，不为己私，且如期接受心理治疗，坚强地熬过这道难关。她渐会彻悟，即使前方没有那个人等待自己，还会有其他人。是那些自闭症患儿吗？不可得知，可知的是那些人必然需要通过她获得帮助。那将是一种更宏大的善与爱，哪怕力量似星星之火，亦可在黑夜中燎原。因每一条生命皆是唯一而不可缺少的存在。

　　十七年前，他从徽州将她带走，十七年后，她又重返徽州。一切又都归为终点，化作零。仅剩这片山水不曾有变，海棠年年华容。

---

2 缪缪，女性时尚品牌，总部设在意大利米兰。——编者注

图书在版编目（C I P）数据

昨日住青山 / 杜菁著. -- 北京 ： 北京时代华文书局，2019.7
ISBN 978-7-5699-3027-6

Ⅰ. ①昨… Ⅱ. ①杜… Ⅲ. ①长篇小说－中国－当代 Ⅳ. ①I247.5

中国版本图书馆CIP数据核字(2019)第076122号

昨 日 住 青 山
ZUORI ZHU QINGSHAN

著　　者｜杜　菁

出 版 人｜王训海
责任编辑｜周　磊　李唯靓
装帧设计｜孙丽莉
责任印制｜刘　银

出版发行｜北京时代华文书局 http://www.bjsdsj.com.cn
　　　　北京市东城区安定门外大街138号皇城国际大厦A座8楼
　　　　邮编：100011 电话：010-64267955 64267677
印　　刷｜北京富诚彩色印刷有限公司　　　电话：010-60904806
　　　　（如发现印装质量问题，请与印刷厂联系调换）
开　　本｜880mm×1230mm 1/32 印 张｜7 字 数｜150千字
版　　次｜2019年8月第1版 印 次｜2019年8月第1次印刷
书　　号｜ISBN 978-7-5699-3027-6
定　　价｜49.80元